HEMISFERIO NORTE
HEMISFERIO SUR

LA FUERZA DE ATRACCIÓN DE LA MENTE
EL PODER DEL AMOR

Compagnucci, Claudia
 Hemisferio norte, hemisferio sur: la fuerza de atracción de la mente -
el poder del amor. - 1ª ed. - Buenos Aires: Deauno.com, 2009.
 164 p.; 21x15 cm.

 ISBN 978-987-1581-17-7

 1. Narrativa Argentina. 2. Novela. I. Título
 CDD A863

contacto@elaleph.com
http://www.elaleph.com

Para comunicarse con la autora: dreamachieve@hotmail.com
                                    www.claudiacompagnucci.com

Primera edición

ISBN: 978-987-1581-17-7

Hecho el depósito que marca la Ley 11.723

CLAUDIA COMPAGNUCCI

HEMISFERIO NORTE
HEMISFERIO SUR

LA FUERZA DE ATRACCIÓN
DE LA MENTE
EL PODER DEL AMOR

deauno.com

Esta historia está basada en hechos reales.
Los nombres y lugares han sido cambiados.
Cualquier similitud con la realidad,
es sólo una coincidencia.

A
RI.DR.
DT

AGRADECIMIENTOS

Quiero comenzar por agradecer a mi *coach* norteamericana Jill Cahill, gracias por tus palabras y tu apoyo Jill, ¡tu fuerza y motivación son increíbles! Agradezco también a todas las personas que integran el equipo de Jack Canfield. Especialmente a Josiah Barlow, por creer en mí y apoyarme incondicionalmente. ¡Gracias por tu música Josiah!

Mi mención especial se dirige a Jack Canfield por todo lo que he aprendido de él. Su claridad, enfoque y pragmatismo pueden generar en uno la dinámica que pone en movimiento tu propia fuerza interior a todo potencial. ¡Gracias Jack!

Agradezco a las personas que en el camino colaboraron conmigo:

A mi amiga Helvia Cesario, ¡gracias por tus palabras!

Ale Guerra y a Valeria por acercarme a Deepak Chopra.

María José, gracias por tu valoración.

Mark Moffitt, del equipo de Bob Proctor, por tu apoyo y tus consejos. Me ayudaste a comprender el significado de la palabra determinación. ¡Gracias Mark!

A mi familia: mi padre, Juan, gracias porque a través de tu ejemplo aprendí el equilibrio y el valor de ver el lado positivo de las circunstancias que nos tocan vivir en la vida. Mi madre, Inés, que ha estado siempre a nuestro lado. Mi hermana, Laura y mi cuñado Ricardo, por sus palabras. Mi hermano Lucas y a Cristina por su apoyo.

Angela, ¡Gracias linda!

Mis Amigas del alma y grandes compañeras de la vida: Ana Estrella y Susana, son mi gran fortaleza y lo saben, gracias por poder contar con ambas en todo momento.

Mi gran amiga incondicional y excelente persona Ana María Rissotti.

Maruja, porque siempre estás.

Adriana Picco, tu profundidad, entendimiento y apertura te hacen una de las personas que más valoro haber encontrado en la vida.

Mis compañeras de "Mastermind Group", Valina, de Gran Bretaña; Gaby de México y Joyce de Irlanda

Gracias, Silvia Lastra, por tu aporte.

A mi editor literario, por su dedicación.

Y, de una manera muy especial, a mis hijos Hernán y Brenda. Me siento orgullosa de su equilibrio, su entereza y madurez bajo toda circunstancia. ¡Sé que son grandes personas! Los amo.

CONTENIDO

PRÓLOGO

"SINCRODESTINO"[*]

"Cuando vivimos valorando las coincidencias y sus significados nos conectamos con el campo subyacente de posibilidades infinitas. Aquí comienza la magia. Este es un estado que llamo sincrodestino, en el que es posible alcanzar el cumplimiento espontáneo de todos nuestros deseos. El sincrodestino requiere que ingresemos en la profundidad de nuestro interior y, al mismo tiempo, tomemos conciencia de la intrincada danza de coincidencias que hay afuera en el mundo físico. Requiere comprender la naturaleza profunda de las cosas, reconocer la fuente de la inteligencia que crea, sin cesar, nuestro Universo y mantener la intención de aprovechar las oportunidades específicas de cambio conforme se presenten. Los milagros ocurren todos los días, no sólo en pueblos remotos o en lugares sagrados al otro lado del mundo, sino aquí mismo en nuestras vidas. Brotan desde su fuente oculta, nos rodean de oportunidades y desaparecen. Son las estrellas fugaces de la vida cotidiana. Estas estrellas son tan poco frecuentes que nos parecen mágicas pero la verdad es que surcan el cielo de manera constante. Sólo que no las notamos durante el día porque estamos deslumbrados por la luz del sol, y en la noche úni-

---

[*] Chopra Deepak, "Sincrodestino" Alamah, Aguilar, Altea, Taurus, Alfaguara S.A de C.V. Primera edición Octubre de 2003, novena edición Febrero de 2007.

camente son visibles si volteamos hacia el lugar correcto, en un cielo oscuro y despejado. Aunque los consideramos extraordinarios los milagros también surcan nuestra conciencia todos los días. Podemos optar por percibirlos o ignorarlos, sin reparar en que nuestro destino puede pender de un hilo. *Sintoniza con la presencia de milagros y al instante la vida se transformará en una experiencia deslumbrante, más maravillosa y emocionante de lo que jamás imaginaste; ignórala, y una oportunidad se habrá ido para siempre. La pregunta es:*

"¿Reconocerías un milagro si lo vieras? Si lo reconocieras, ¿qué harías..?"

DEEPAK CHOPRA

Cuando escribo esto no quiero sólo contar una historia de Amor con mayúsculas que bien puede llegar muy profundo a muchas personas y para otras puede ser solamente otra novela de amor. Quisiera dejar un mensaje a todas aquellas personas que sepan "escuchar".

Escuchar desde lo más intenso que ésta palabra conlleva dentro de su significado. Escuchar todo lo que muchas veces ignoramos porque tan solo usamos nuestros oídos, es decir... oímos pero no escuchamos. Detenernos, parar, bajar un poco el ritmo y escuchar a las personas que nos rodean, prestarles atención, observar... escuchar dentro de uno mismo, escuchar lo que nos dice el corazón, el alma, eso que dejamos pasar de largo tantas veces priorizando obligaciones, deberes, otras cosas. Detente hoy y escucha.

*Escuchar lo que subyace las palabras
y trasciende las fronteras del significado
de las mismas para convertirse
en un mensaje del alma.*

C. COMPAGNUCCI

Capítulo Uno

"Convergencia Espacio Temporal"

Ésta es la expresión de forma teórica que creó y utiliza el sociólogo Inglés Anthony Giddens[*] para explicar lo que él describe como la unión entre el tiempo y el espacio, la confluencia de ambos y cómo afecta las relaciones, situaciones y vidas de las personas que integran una sociedad.

Me llama la atención como se dan las relaciones entre las personas según el tiempo y el espacio. Allí donde convergen tiempo y espacio, donde se cruzan los momentos, las horas, los minutos, los segundos... en el lugar adecuado... o no. Allí pueden pasar cosas que marquen para siempre la existencia de dos o más seres –para bien o para mal–pero... no vamos ahora a hablar de momentos y espacios convergentes desafortunados. Vamos si a analizar ciertas pautas de encuentro que marcan la unión y la comunicación entre las personas.

Me sitúo un día cualquiera, gente volviendo del trabajo, personas yendo y viniendo. ¿Tiempo? Hora regular de regreso, más o menos general del común de la gente que integra una sociedad. ¿Espacio? Una parada de colectivo. Sucede que a cierta hora todos los días en un determinado lugar, las vidas de las personas se cruzan sistemáticamente sin reparar las mismas

---

[*] Giddens, Anthony "La Constitución de la Sociedad" 1994 Teoría de la Estructuración prácticas sociales que ocurren en el espacio-tiempo Giddens 1984, 10–13.

cuantas cosas podrían unirlas en ese tiempo y ese espacio. De pronto, de un colectivo baja una mujer de mediana edad que regresa de su trabajo y debe tomar otro colectivo en combinación. A la misma hora, marcando tan solo algunos minutos de diferencia se aproxima un hombre, muy bien vestido, siempre de traje, cada día con la misma actitud serena. Más allá se ve la figura del vendedor de golosinas que subirá en el mismo colectivo que ella o en el que tome otro pasajero. Un viejito, un señor "bien" que atraviesa la que supuestamente debe ser la honorable época de la vejez donde se goza de recoger lo que uno ha sembrado, le pregunta la hora a la mujer. Ella no lo conoce, es decir, nunca lo había visto en la parada a esa hora, él le dice que debe tomar el colectivo que lo deja en el hospital, ella lo ayuda. Así se cruzan diez, quince personas más que se dirigen a diferentes lugares, que van o vienen del trabajo, que se conocen ya que se ven a diario, pero no se hablan. Que se ven cada día a la misma hora en el mismo lugar. Cada una en lo suyo, cada una con sus preocupaciones, sus disfrutes, sus goces, sus problemas.

Una se queja porque llueve y se le mojaron los zapatos nuevos que salieron carísimos, otro intenta que no se le moje la mercadería que tiene que vender en el colectivo para llevar algo de comer a casa esa noche. Una mujer joven y bonita se para a esperar el colectivo y escucha complacida alguna bocina que suena halagándola. Un hombre negro que habla inglés con otro que lo acompaña deja notar que viene de otro país a trabajar a la Argentina. Quizás nació en Estados Unidos o en Nigeria y esta parado a escasos centímetros de la mujer que a su vez conversa con el viejito, que está detrás del vendedor ambulante. Ella se sube al colectivo. De pronto, un hombre joven alcanza a subir detrás de ella...

Allí donde convergen tiempo y espacio se unen las vidas de las personas en un vaivén regular, ágil, melódico, tal vez aburrido, tal vez monótono, rutinario. Tal vez determinante.

El tiempo, como dice el antropólogo Edward Hall[*] "habla" nos dice cosas, nos muestra escenas. El tiempo va más allá del lenguaje, de lo que se dice con palabras. El tiempo nos marca lo que se hace y lo que se hace es en realidad más significativo que lo que se dice.

Las personas tienen proyectos, dicen que van a realizar cosas, sueñan... y en ese tiempo entendido dentro del concepto occidental del valor del tiempo, pierden la noción de cómo transcurre ese valioso elemento y se pierden del ahora por pensar en el después.

En otras partes del mundo, para otras comunidades o grupos, el valor del tiempo se centra en lo que se puede hacer "ahora", en este momento. Para un indígena la promesa de algo futuro se desvanece por no poder comprender que eso pueda darse más allá del tiempo real que transcurre en el "ahora". Es decir si yo le prometo que en un futuro próximo tendrá un abrigo nuevo, cálido y suave que lo proteja del frío y que además será cómodo y liviano, seguramente no aceptara ante la alternativa de tener "ahora" el viejo, áspero e incomodo, según el criterio occidental.

Este rechazo será entendido por la mente "avanzada" del común de la gente del mundo occidental como producto de no haber alcanzado los avances de la civilización. Pero lo que los occidentales no podemos ver en ese aspecto es lo que subyace a ese avance y progreso que no nos deja disfrutar el "ahora". Lo que nos perdemos es la sabiduría del concepto de tiempo no lineal. Es decir, un tiempo que no se manifiesta en una recta con pasado y futuro sino un tiempo algo más circular. Nos desvivimos trabajando o pensando cómo hacer para poseer lo que necesitamos en el futuro y nos perdemos el "ahora".

---

[*] Hall, Edward "The Silent Language" " Time talks. It speaks more plainly than words" "The Silent Language", pág. 1. "El Lenguaje Silencioso"

Entonces trabajo sin cesar para tener y lograr y brillar en la sociedad que me lo demanda y no disfruto "hoy". ¿Estaré aquí mañana? Planeo construir una casa y vivir de una determinada manera, pero... ¿Estoy realmente viviendo el hoy?

No esta mal tener proyectos, hacer planes, es parte del disfrutar de ponerse metas e intentar cumplirlas, de alcanzar el desafío propuesto. Pero... ¿me acuerdo del "ahora" o me pierdo en el desafío futuro? ¿Estoy acá o estoy sólo en la perspectiva del allá?

¿Cómo perder el horizonte sin perderlo? Digo... ¿cómo lograr desprenderse del proyecto para disfrutar el ahora sin perder el proyecto?

Es allí donde el tiempo nos habla, nos habla en la medida que transcurre y no hacemos nada o hacemos demasiado, nos habla en la medida que se nos desliza y no perdemos el horizonte, no nos detenemos a escuchar que tiene para decirnos. Y ese tiempo que converge en un determinado espacio une o desune, ata, amarra o deja ir a las personas abriendo o cerrando una posibilidad única y muchas veces irrepetible.

Todos buscamos algo, algunas personas ambicionan poseer objetos caros, viajar, llenar sus vidas de cosas que creen les darán lo que necesitan. Lo que más necesitamos las personas no se encuentra en los objetos, lo que nos hace profundamente felices nos lo da el Amor.

Para algunos el amor proviene de los padres, de los hijos, de un amigo, de la pareja... El Amor... yace dentro de uno mismo.

El amor es lo más importante en la vida, por algo lo han dicho grandes personajes de la historia a través del tiempo, por algo lo resaltan quienes palparon la muerte y lograron vivir, como lo hace Nando Parrado[*] cuando cuenta su experiencia en los Andes. Donde la convergencia espacio temporal torno

---

[*] Parrado, Nando "Milagro en Los Andes" Editorial Planeta 2006.

al papel del dinero en algo valioso por ser útil para prender fuego y darse calor.

Cada persona tiene su historia para contar, cada uno tiene la posibilidad de aprender algo de las cosas que suceden en la vida. Todo, digo "todo" lo que nos sucede debe ser usado para aprender, para vivir el "ahora" pero no al mejor estilo "posmodernidad" cargado de egoísmo individualista, digo... sí transitando el "ahora" para dar lo mejor de si a los demás y a uno mismo. Para amar.

He aquí una historia de Amor,
una historia de convergencia de espacio y tiempo,
una historia de mensajes del alma,
de unión a pesar de la separación,
de amor eterno aún al paso del tiempo y en espacios distantes.

Lugar: Argentina, Buenos Aires, living de la casa de Clara. *Tiempo:* Hoy.

Clara y Estela ya han terminado su carrera universitaria y trabajan juntas en un proyecto. Esta vez es Estela quien le cuenta a Clara sus preocupaciones. En realidad ella esta en conflicto con sus sentimientos con un amor de esos de atracción fatal, que llenan el cuerpo de sensaciones placenteras y vértigo sexual. Un amor de encuentros clandestinos y sabores prohibidos. Ella parece estar muy enamorada pero a la vez se siente incompleta y siente que debe tomar una decisión a la cual le es complicado llegar porque dentro de su ser se mezclan sentimientos y sensaciones ambiguas que la atormentan y no la dejan avanzar.

–No sé qué hacer... –dice Estela desesperada–. Debería ver a una bruja... alguien que me oriente, alguien que me diga algo... Yo...

–¡Espera un minuto..! –responde Clara ansiosa... y como haciendo memoria dice–: Yo una vez fui a una grafóloga y según me habían dicho "vidente" que me dijo cosas con años de anticipación que pasaron con extraña precisión, como por ejemplo... me dijo la fecha de mi casamiento y la marcó en el término de tres meses como seis años antes de que ocurriera cuando yo no tenía ni idea de que iba a ser así. También me dijo que tenía la mano marcada de viajes...

"Espera que voy a arriba que tengo guardada en una cajita unas cosas de cuando era soltera y creo que allí tengo la dirección de esta mujer".

Clara sale disparada para la planta alta, sus pasos son ágiles y seguros. Comienza a buscar en una pequeña caja llena de papeles, la nota donde ella cree tener el teléfono o la dirección que busca. Súbitamente ve un papel que cree reconocer. Lo toma entre sus dedos, lo da vuelta... es un sobre... dentro hay un papel de cuaderno espiralado. Clara tiene cuarenta y dos años y encuentra una carta que tuvo oportunidad de leer 17 años atrás. Ella había guardado esa carta durante 17 años...

Abre el sobre y comienza a leer... Clara no puede llegar al cuarto o quinto renglón cuando descubre que las lágrimas no le dejan ver. Una enorme, honda e indescriptible emoción invade su ser de una manera difícil de explicar con palabras. Estaba leyendo o intentando leer la carta que Daniel le había escrito antes de que ella fuera a casarse. Con lágrimas en los ojos y el papel en mano, baja las escaleras y le dice a Estela...

–Lo siento pero no encontré la dirección...

Estela la mira y no sale de su asombro ya que Clara llora mientras le habla y eso parece no tener mucho sentido para ella.

–¿Qué te pasa? ¿Porqué estas llorando así? –le dice estupefacta.

–No encontré la dirección pero... ¡mira lo que encontré..!

Clara comienza a leer la carta de Daniel... guardada durante 17 años en una cajita, el papel del cuaderno de espirales está algo amarillo...

Lugar: Sudamérica, Argentina, Buenos Aires.
Tiempo: 25 años atrás.

Domingo por la mañana, Daniel se levanta, va al baño, se ducha, se viste, un poco de perfume y un café bastante apurado. Su madre no puede creer que este levantado tan temprano un domingo.

–Me voy viejita –le dice cariñoso.

–¿A donde vas a esta hora un domingo? –pregunta ella asombrada.

–Tengo clases con Clara ma.

–¿Hoy?

–Síiii, ma... chau.

Sale apurado se sube a la moto y desaparece dando vuelta a la esquina.

–¡Este chico me va a volver loca..! Un día dice que ni piensa estudiar, que el colegio no le importa y de pronto un domingo se levanta y se va a la profesora de inglés.

Daniel es un chico de dieciséis años, no le gusta mucho estudiar pero hay algo que le interesa en las clases de inglés. Dobla la esquina con su Zanella roja, se ve la plaza, la alcanza como un rayo y ahí, no más, está la casa de Clara.

Llega a casa de Clara, ella lo está esperando.

–Hola Daniel, ¿cómo estás?

Él la saluda y recuerda cuando fue a verla la primera vez para pedirle que lo preparara porque se había llevado la materia a examen.

Con el tiempo ella sabrá lo importante que sería ese día para ambos, él se enamoró perdidamente de ella de tan solo verla y un pensamiento invadió su mente "el día que me quieras...", las mismas palabras del tango de Gardel.[*]

–Hola ¡Clara!

–¿Cómo te fue en la semana? pregunta ella interesada

–Bien, me pelee con dos o tres pero todo bien... por lo menos no me dejaron adentro.

Daniel iba a un colegio durante toda la semana y salía los fines de semana, entonces tomaba clases de inglés los sábados y a veces los domingos.

Las clases duraban largo tiempo, en ellas tanto a Clara como a Daniel el tiempo se les escapaba en largas charlas al terminar la clase en las que reían, se contaban cosas de sus vidas, él le pedía algún consejo, ella lo escuchaba, tenían extensas comunicaciones que ambos disfrutaban y se apasionaban intercambiando ideas. Como ella tenía tan solo dos años más que él y él era una persona muy profunda y pensante, durante las clases y a lo largo de un año se hicieron muy amigos, ambos guardando el secreto de la intensa atracción que sentían el uno por el otro, una atracción fundada en las bases de lo comunicativo, profundo y filosófico de sus almas que los unía de una manera mágicamente inexplicable. El tiempo se mueve, adquiere ritmo, circula.

Al pasar un año Daniel se va a vivir a Mendoza.

Ellos comienzan a escribirse cartas y al término de otro año más Clara conoce a un chico que la invita a salir.

Al mismo tiempo y en una convergencia de espacio y tiempo que cargaba vibraciones del destino Daniel llega de Mendoza y la invita a Clara a salir el día anterior al que ella iba a salir por primera vez con el chico que había conocido.

---

[*] Gardel, Carlos (famoso cantante argentino de tango –1930) "El Día Que Me Quieras"

Era como si alguien le hubiera avisado que podía perderla, co-
mo si él quisiera marcar algo, dejar una huella, un sello de per-
tenencia, dejar una marca en ella.

Daniel se anima y entonces la invita a tomar un café. La pasa a buscar un viernes por la noche, juntos van a un barcito en
Avenida del Libertador en La Lucila "Gstaad my Love" donde
pasan horas conversando y Daniel le cuenta que tiene planeado
quedarse a vivir en Mendoza, una provincia en la cordillera de
los Andes a mil kilómetros de Buenos Aires. Ella, que ya siente
que lo pierde, desea que él la bese cuando vuelvan, cuando su-
ban al auto... En cambio, él le presta su campera ya que hace
algo de frío, y mientras viajan en el auto hasta la casa de ella
pone un *cassette* con una canción de Bárbara Streisand llamada
"Woman in love" o "mujer enamorada" en español.

Su mejor estrategia es pedirle a su profesora de inglés que
le traduzca la letra y ella lo hace con gusto repitiendo las palabras de amor contenidas en la letra de la canción sin saber,
ninguno de los dos, el mensaje premonitorio que yacía en las
palabras que pronunciaba que decían algo así como...

La vida es un momento en el espacio,
cuando los sueños desaparecen es un lugar solitario.[*]

Soy una mujer enamorada
y haré lo que sea
para tenerte en mi mundo,
y retenerte en él.
Es un derecho que defiendo.
Una y otra vez
¿Qué hago?

[*] Streisand, Bárbara: "Woman in love" Collection Greatest Hits–Artist
(band) 1989.

Contigo eternamente mío,
en el amor no existe la medida del tiempo
nosotros lo planeamos todo desde el principio,
que tú y yo viviéramos cada uno en el corazón del otro.
Podemos estar separados por océanos,
tú sientes mi amor, yo escucho lo que dices
ninguna verdad es alguna vez mentira,
me tropiezo y me levanto, pero te lo doy todo a ti.

Clara repetía las palabras *"sin saber"*... que el destino los separaría.

Daniel escuchaba extasiado lo que buscaba oír de la boca de su amor *"sin saber"*... que había elegido la canción con las palabras exactas que el destino usaría con ambos.

Esa sería la última vez que se verían antes de que él se fuera a Mendoza pero no dejarían de estar vinculados y a partir de ese momento se escribirían más cartas contándose sus cosas.

Él se dedicaría a estudiar y terminar el colegio y a salir y divertirse y crecer y a enamorarse tal vez de varias mujeres.

Ella se pondría de novia con el chico que había conocido el día después de salir con Daniel y atravesaría uno de los pesos más grandes de afrontar en la vida de alguien, la muerte violenta y trágica que sorprende a una persona o a más cuando la convergencia espacio temporal se torna en desafortunada y cruel bañando de sangre y dolor la vida de las personas que la encuentran al paso.

Tras años de incalculable dolor por la pérdida trágica y repentina de un ser querido, Clara y su novio deciden casarse y la noticia se va corriendo de boca en boca entre amigos, familiares y conocidos.

De alguna manera llega hasta Daniel que tras un lapso de tiempo sin escribirse con Clara luego de la tragedia que invadiera la vida de ella, comienza a comunicarse con ella por carta. Un día, de pronto... llega a Buenos Aires desde Mendoza y la llama, le pide que le dé clases de inglés y comienza a verla en su casa durante un corto tiempo.

Aproximadamente tres meses antes de la fecha de casamiento de ella, Daniel le entrega una carta unos instantes antes de terminar la clase. La carta estaba escrita en inglés y él le pidió que la leyera y le dijera qué debía modificar. Con la excusa de estar apurado se la deja hasta la siguiente clase.

La sorpresa fue para Clara cuando descubrió el contenido de la carta que una vez más se transformaría en una premonición en el futuro de sus vidas.

Cada una de las palabras que Daniel utilizó sería la manifestación de sus sentimientos hacia ella y a la vez poseían un matiz de augurio de algo impensable en ese momento para ninguno de los dos.

En la carta Daniel le confesaba su amor a Clara, describía sus profundos sentimientos hacia ella y le proponía irse con él.

¿Adónde..?

La carta decía algo así:

"Esta historia es mi historia de amor imposible...

Ella es la mujer más hermosa del mundo... "

Y continuaba confesándole su amor... y terminaba:

"SI ME AMAS, ¿VIENES CONMIGO?".

Clara no sale de su asombro porque a pesar de que ella siempre se había sentido atraída por él no pensó que él guardara ese secreto hasta ese momento. Lo que Clara si sabía era que él tenía un poder muy fuerte sobre ella, algo difícil de explicar ya que nunca se habían siquiera besado a pesar de que ya era evidente que ambos lo deseaban.

Con un profundo dolor en su alma y sabiendo que ella no podía abandonar a su novio después de haber atravesado juntos tanto dolor y a tan solo tres meses de casarse, Clara debió recurrir a su mayor fortaleza interna y privándose de su propio deseo y tentación de la alocada aventura de dejarlo todo repentinamente y huir con él, ella afronta la situación.

Daniel llega a la casa de Clara y comienzan a conversar de lo sucedido, ella le dice que leyó la carta, que encontró algunos errores en inglés pero que se convierten en imperceptibles en la medida que uno lee el contenido. Él espera, ansioso, una respuesta y Clara le pregunta...

–¿Por qué ahora..? ¿Por qué no antes?

–Quizás porque como dice la carta tenía miedo –le responde él.

–Si... si tan solo me hubieras dado esta carta hace dos o tres años atrás... –dice Clara en una mezcla de dolor y algo de enojo producto sólo de la impotencia de no poder, de no tener suficiente tiempo...

Daniel la escucha anonadado, dentro de su alma él sabía que si ella le decía: *"No, mira... la verdad es que yo por vos sólo siento una amistad muy profunda y está todo bien... pero mi respuesta es... no"*, él se habría retirado y forzado a olvidar lo que se convertía en un amor no correspondido. ¡Pero no era así..! Ella le estaba diciendo de alguna manera que *sí*... pero que "no podía", ¡no que "no quería"!

Clara no puede decirle que no, tampoco puede decirle que sí acepta lo que él le propone y se siente impedida de decirle que no lo ama. Ese mismo día ella le propone no seguir con las clases para evitar hacerse daño ambos.

La clase termina... esa sería su última clase en el comienzo de sus vidas separadas. Ese sería el último día que Clara viera a Daniel.

Entera, ella se arma de valentía, tremendo coraje y sacrificio y acompaña a Daniel a la puerta de salida por el jardín de manera que él no pueda darle ese deseado beso en la intimidad de la salida principal. Él se siente profundamente herido y ella esconde la verdadera razón por la cual no permite que él se le acerque y le robe un beso. Clara *sabe*, tiene la sensación de absoluta certeza de que si él la besa ella deberá dejarlo todo.

Al término de un mes ocurre un acontecimiento triste para Clara. Su abuela fallece. *La Nonna*, la que dejó Europa por la guerra al igual que miles de inmigrantes abatidos por el dolor, el horror de la muerte, el desamparo y la desesperación. Inmigrantes que llegaron a esta tierra bendecida, como ella decía, que les abrió sus puertas y les dio la bienvenida. *La Nonna*, una mujer humilde y sabia que había nacido en Enego un pueblito en la cima de una montaña, al Norte de Italia. Que, como ella solía decir, se crió detrás de la cola de una vaca, la menor de nueve hermanos, hija de madre viuda a la que dolorosamente no pudo volver a ver después de que vino a la Argentina.

La Nonna, esa viejita joven, que sabiamente se adaptaba a estar con alguien de cualquier edad, la que callaba en complicidad cuando Daniel la llamaba a Clara a su casa, digo... cuando Clara iba a dormir a la casa de la *Nonna* para hacerle compañía. Ella los escuchaba conversar en silencio mientras tomaba mate, y se iba de a ratos respetando el vínculo que percibía que ellos tenían.

Daniel se entera de que su abuela muere y decide ir a saludar a su profesora y amiga a la casa de velatorios. Profundamente herido en sus sentimientos, el dolor no le permite aproximarse al verla desde lejos rodeada de varias personas e incluso su novio. Parado desde la esquina de Villate y Maipú cercana a la casa de velatorios frente a la quinta presidencial de Olivos, Daniel la observa de lejos sin ella saberlo. *Ese sería el último día que Daniel vería a Clara antes de partir.*

Sumida en el dolor y en medio de los preparativos por la boda y el viaje ella no puede dejar de pensar en él. Al término de un mes y medio llega el día de la boda.

Clara se casa. Muy dentro de ella ese día, tiene la sensación, el presentimiento de que él puede aparecer en la iglesia... como en las películas... e intentar detener el casamiento.

Sin saber más nada de Daniel, parte hacia su luna de miel en La Polinesia.

CAPÍTULO DOS

HEMISFERIO NORTE - ESTOCOLMO

Lugar: Europa, Suecia, Estocolmo.
Tiempo: 7 días antes del casamiento de Clara.

Jorge fuma mientras camina de un lado a otro por el aeropuerto. Arlanda es un aeropuerto confortable que ofrece espacios cómodos para descansar o trabajar durante alguna espera. Según dicen la música de ABBA suena por los corredores dando la bienvenida a los extranjeros a medida que llegan a esta bella tierra.

Hace bastante que Jorge está esperando el vuelo proveniente de Argentina que trae a su hermano menor.

Daniel está en vuelo hacia Suecia, mientras viaja no puede dejar de pensar en todo lo sucedido. Dolido y resignado recuerda el momento en que fue a llevarle la carta a Clara.

Acababa de saber que iba a viajar a Suecia... Daniel pensaba: "Tengo que aprender inglés... Clara, mi profesora particular de inglés, mi amiga, mi amor imposible, mi diosa, la mujer que más desee en mi vida... sabía por medio de un amigo que se estaba por casar. Yo pensaba «Ojalá que sea feliz». Yo pensaba que no podía en ese momento darle más que amor y mimarla pero ya con mis veintitrés años sabía, que además había que tener trabajo, casa y cosas materiales que yo no le podía ofrecer. Pero pensé: «Voy a verla y ver si puedo tomar unas clases para aprender algo más de inglés». En el fondo mi deseo era poder verla y compartir unas horas con ella antes de irme de Argentina... A mis amigos les decía que me iba a ir por un año pero muy adentro sabía que era por más tiempo. ¡Tenía que verla antes de irme! ¡Y poder decirle mis sentimientos! Sentía que ella tenía que saber, aunque ya era tarde. Mi amor imposible estaba en camino al altar. Una tarde me subí al auto y fui a verla... estaba nervioso... no sabia como me iba a recibir. Si me podía ayudar... Estacioné a unos metros de su casa, caminando, sentía y recordaba muchos momentos y charlas que a mis tempranos dieciséis años tuve con ella. Una comunicación muy especial y un diálogo muy lindo. Mi corazón palpitaba más rápido de lo normal... tal vez no sabia reconocer lo mucho que amaba a Clara. Toqué timbre, salió Clara... una sonrisa y una mirada tan especial, noté su alegría de verme después de tanto tiempo sin saber el uno del otro. Me hizo pasar enseguida, sentí que seguía enamorado de ella me ofreció su ayuda... comenzamos con las clases de inglés... nuestros diálogos eran más y más intensos... Yo sentía que mi viaje era algo que tenia que hacer pero sentía que la mujer de mi vida ya había pasado por mi destino y que de muy tonto más de cobarde, nunca iba a conocer a alguien como ella, pero la vida seguía, ella se iba a casar. Y yo pensaba: «Ella no va a hacer como en las películas... donde dejan al novio esperando en la iglesia.» Le regalé un libro, se llamaba *Vivir Amar y Aprender*[*] de Leo Buscaglia. Recuerdo que le gustó y conversábamos mucho del libro en nuestras clases. Notaba que ella me recibía muy guapa. Como siempre. Cuando la miraba directo a los ojos ¡Mmm! ¡Qué fuerte! Mi corazón subía de revoluciones. Me decidí a dejarle una carta, donde quería describirle mis sentimientos pero tenia que ser en inglés... difícil, pero lo hice. Mi inglés no era de lo mejor pero yo pensaba que ya que ella era profesora. Quería que fuera algo especial... "

---

[*] Buscaglia, Leo: "Vivir, Amar y Aprender" Emecé Editores, S.A., 1987.

De este modo y absorto en sus pensamientos Daniel surca el cielo de la tierra rumbo a su destino a diecisiete mil kilómetros de Buenos Aires. Es un viaje largo pero el tiempo parece ser nada en comparación con la distancia. Y se convertirá en un acto mágico capaz de hacer desaparecer parte de una vida en un sólo instante.

Estocolmo no se asemeja a ninguna otra capital del mundo. Fue construida sobre catorce islas y emerge con impactante belleza y solemnidad de aguas transparentes en las cuales se puede pescar o nadar aún estando en plena ciudad. Desde la costa pueden observarse yates y blancos veleros que navegan por el archipiélago que fluye al mar Báltico. Observar este espectáculo pintoresco en una tarde de verano hace pensar a esta ciudad magníficamente decorada con palacios y arquitectura medieval, como una de las más encantadoras y cautivantes de Europa.

Lo que se cuenta de esta ciudad se remonta al siglo trece. Plagada de historia y callecitas que reflejan esos tiempos, pasear por el Gamla Stan –el pueblo antiguo–, nos hace descubrir un mundo colmado de decorados de época que transportan a cualquier persona, que por ellas transite, al mágico mundo de vidas pasadas. Cada paso por sus curvadas callecitas, que invitan a detenerse y probar algún delicioso bocado en sus acogedores restaurantes, significa permitirse volar como los míticos dragones que sobrevolaban estas tierras y creer en la posibilidad de haber sido parte de esta historia, de esos tiempos, ese lugar.

Situado en una pequeña isla en el corazón de la ciudad, desde el Gamla Stan pueden verse el Palacio Real y el Parlamento que se alzan imponentes ante un cielo pincelado de azules, grises y fucsias en el atardecer nórdico, que plasma el contraste de una tierra helada en invierno, pintada de sublime belleza natural de azules y transparencias del reflejo del agua en el verano. Los ocres, naranjas y terracotas de sus edificios duplicados en el agua, que tan solo un poco más allá, es espejo de verdes prados y tupidos bosques.

Daniel se siente inmerso en la diversidad cultural que lo rodea y observa cada lugar enamorado y atrapado por tanta belleza... quizás sea esta tierra extremadamente bella y lejana un bálsamo para el dolor de su corazón. Piensa... "quizás estando tan lejos de Clara sea más fácil olvidarla". Se deja llevar por lo que ante sus ojos se presenta majestuoso, atrapante, y permite a su cuerpo transitar el tiempo y el espacio que convergen ante sí.

¿Cómo olvidarla? Había hecho la promesa, al escribir esa carta de no hacerlo y ahora sin saberlo quedaría sumergido en las fuerzas del Karma que lo acompañarían desde siglos a través de la historia hasta poder concretar su amor por Clara, si es que alguna vez el destino los volvía a juntar.

De pronto su hermano lo saca de sus pensamientos.

–Che flaco, ¿adónde estás? ¿Te gusta?, ¿Viste lo que es este lugar?

–Sí, ¡es hermoso!

–Diría que estas impactado o... no sé... parece que no estuvieras acá... ¿llegaste eh? ¡Mirá que ya no estás más en Argentina!

–Si, lo se hermano... esta todo bien, ¡me alegro mucho de estar con vos!

Se dan un abrazo y con una palmada en la espalda Jorge le demuestra que él también se alegra de tenerlo cerca. Rememorando el tiempo que habían compartido juntos unos años atrás en Mendoza, en la cordillera de los Andes en Argentina comparten un café, antes de ir al departamento de Jorge, en un bar del siglo diecisiete situado en un subsuelo todo hecho de ladrillos a la vista con arcadas y techos bajos.

Jorge le cuenta que muy cerca en la isla de Djurgarden se encuentra el Museo Vasa en el que se pueden ver los restos del barco de guerra más antiguo del mundo hundido en 1628 y rescatado del lecho del mar trescientos treinta y tres después para ser restaurado para su exposición. Más allá se encuentra el distrito de los lagos donde se aprecia la cultura popular y el folclore Suecos impregnando el aire del verde de sus prados. Cautivantes praderas compuestas en su mayoría por granjas donde el paisaje aparece salpicado de carmín al observar las pequeñas cabañas pintadas de rojo.

Al salir nuevamente a la calle Daniel se asombra cuando ve un grupo de gente parada en una esquina esperando el semáforo para cruzar. Todos ellos están mirando hacia arriba... hacia el cielo. Él no sale de su asombro, en la próxima cuadra sucede lo mismo. De pronto, le pregunta a su hermano qué hace esa gente y Jorge le cuenta que aprovechan ese instante ¡para tomar sol! Increíble, con el sol resplandeciente que brilla en la Argentina jamás se le hubiera ocurrido presenciar algo así. De todas maneras, ya llegará el tiempo en que él, al mejor estilo sueco, forme parte de una escena similar.

A medida que Daniel se establezca en el lugar podrá comprobar por sí sólo la belleza de esta tierra de premios Nobel, avances científicos y tecnológicos, diseñadores y artesanos en madera, entre las muchas otras virtudes que caracterizan a los suecos.

Con el tiempo descubrirá que hacia el Norte el territorio se convierte en el lugar que, podría decirse, representa un claro ejemplo de la naturaleza más salvaje y pura que confirma haber sido tocada por la mano de Dios en la ladera de cada montaña, los amplios valles, lagos y arroyos que surcan esta impactante tierra en esta parte de Europa. Sabrá que para mantener viva su cultura, los Sami que habitan esta región, se dedican a la cría de alces como medio de vida. Es en este hermoso rincón recóndito del mundo donde en invierno se puede deleitar la vista ante la majestuosidad de la Aurora Boreal surcando el cielo nocturno con mágicos colores.

Además de las muchas atracciones turísticas que posee Suecia es aquí en el Norte donde se puede visitar el hotel de hielo en el cual el bar, las banquetas para tomar un trago y las habitaciones que están hechas de este material hacen creer que fuera imposible que exista un lugar de estas características.

A partir de ahora Daniel comenzará su vida en la otra punta del mundo, esperando ver qué le depara el destino que no es más que lo que uno elige hacer o depende de las decisiones que uno tome. Se trata de una elección que uno hace, es como si se nos presentaran dos caminos y uno debe decidir qué camino tomar. De acuerdo a qué camino se elija se darán ciertas cosas en la vida de esa persona... pero hay algo que no se puede explicar ciertamente que parece torcer de algún modo ese camino en busca de un camino alternativo que parece haber sido aquel que uno no eligió en su momento. Digo, ese camino llega al encuentro de alguna manera en algún momento si es que era el indicado, quizás en tiempos que no sean fáciles de comprender pero que después de haber cumplido con lo que debíamos realizar se convierten en la posibilidad que esperábamos o que tanto añoramos.

Daniel fue aprendiendo más acerca de Suecia y de los suecos, el folclore y las leyendas. Los cuentos e historias acerca de brujas medievales y exóticos dragones. Ante sus asombrados ojos, las calles mostraban estatuas alusivas. Y sintió curiosidad por saber más... y aprendió acerca de los Lindworms.

Lindworms

Klagenfurt es un sector de la capital sueca, Estocolmo. En el centro de Klagenfurt se puede ver el Lindwurm Brunnen. Una estatua con forma de dragón.

Existen en Suecia, como también en toda Europa, las leyendas sobre dragones alados que surcaban los cielos medievales aterrorizando a los pobladores de todo el territorio. Es así como los hemos podido ver representados en películas o, quienes han tenido oportunidad de acceder a la literatura de época, percibir por medio de la imaginación el miedo que sembraban.

Un Lindworm es una enorme serpiente del folclore y la mitología europea similar a un dragón. En Escandinavia se lo llama Lindorm y en Alemania Lindwurm. La palabra proviene de raíces germanas. El nombre consiste de dos raíces germanas que básicamente significan algo así como serpiente enredada o serpiente tramposa. Según la leyenda puede tener dos o ninguna pata. Y el folclore lo describe como carente de alas.

Los Lindworms eran supuestamente enormes y se alimentaban de ganado y cuerpos. Muchas veces invadían los predios religiosos y se comían a los muertos de los cementerios. También se llama a esta criatura serpiente Lindworm. De todos modos, se la ha llamado "whiteworm", y el avistamiento de uno de ellos era considerado un signo excepcional de buena suerte. Se creía que su piel mudada podía aumentar enormemente el conocimiento de una persona acerca de la naturaleza y la medicina.

También se cree que los Lindworms demoníacos simbolizaban la guerra, pestilencias y toda clase de amenazas similares para los antiguos europeos.

El folclore escandinavo relata un cuento llamado "Prince Lindworm" o "Príncipe Lindworm" también llamado "Rey Lindworm". En el se cuenta que un horrendo lindworm nace como uno de dos hermanos mellizos, hijos de una reina, quien en un esfuerzo por superar el hecho de no poder tener hijos sigue el consejo de una vieja arrugada quien le dice que debe comer dos cebollas. Ella no peló la primer cebolla causando de este modo que el primer príncipe fuera un lindworm. El segundo mellizo es perfecto por donde se lo mire. Cuando crece y se va en búsqueda de una esposa, el lindworm demanda que también a él se le consiga una esposa antes de que su hermano menor se case. Cómo su esposa debía amarlo y eso no sucedía con ninguna de las elegidas él devora a cada una de las nuevas novias que se le presentan creando un pequeño problema en el reino. Es así como la hija de un pastor que había hablado con la misma vieja arrugada es llevada ante su presencia para desposarse con él.

Ella llega llevando puesto todos los vestidos que posee. El lindworm le pide que se quite el vestido entonces ella insiste en que él remueva una escama de su piel cada vez que ella se quite un vestido. Como resultado, él se queda sin piel y debajo se descubre un apuesto príncipe".*

Así como Daniel aprendió de las leyendas suecas, también aprendió acerca de la vida en un lugar lejano a su tierra, del esfuerzo de aprender una lengua extraña para él, de la adaptación a una sociedad distinta, del confort, del orden, de la tecnología... del frío.

Del frío aprendió a apreciar los copos de nieve pintando el bello paisaje.

Del frío aprendió a valorar un sólo rayo de sol que asoma a la mañana.

Del frío aprendió a valorar un sólo rayo de luz y claridad a medida que se aproximaba la primavera.

Aprender una lengua extraña a la fuerza lo puso en aprietos más de una vez, algunos de ellos graciosos por cierto. Claro... la pronunciación de una vocal algo más prolongada en dos palabras que eran muy parecidas en sonido, convertía a esa palabra que él había esforzadamente pronunciado con convicción en una mala palabra o insulto y más de una vez se encontró a sí mismo como objeto de risa o malentendidos que había que explicar o intentar entender después, cuando alguien más le dijera qué había sucedido.

Aprendió que los suecos, cuando se enojan no gritan. Jamás van a levantar la voz, no como acá que al mejor estilo

---

* Sjogren, Bengt, "Beromda vidunder, Settern", 1980. ISBN 91–7586–023–6 (Swedish).

"tano" los gritos abundan y hasta en algunas situaciones y dependiendo de las familias se pueden dar contiendas dignas de un ring ante un enojo. Las vocales suecas son como más largas, el sonido se extiende un poco al hablar. Esto fue algo que a Daniel le costó implementar en el habla y sería quizás lo que le daría ese acento de extranjero entre los rubios vikingos. Cuando un sueco se enoja con alguien manifiesta su enojo acortando las vocales, no gritando. Es entonces cuando las palabras se hacen más cortas y algo secas. Como Daniel no había podido modificar su pronunciación respecto de esto aún a pesar de los años, muchas veces se encontró frente a alguien que le preguntaba si estaba enojado. A lo que él debía responder con una negativa y explicar... ¡de nuevo explicar en sueco!

Los primeros años fueron muy duros, de lucha y adaptación, de trabajo incansable a cualquier hora y eligiendo lo que le permitía trabajar sin saber el idioma. Es así como se encontró trabajando en edificios de oficinas, lavando platos en restaurantes, repartiendo pan en una camioneta a las cuatro de la mañana en invierno. Estamos hablando del invierno sueco... temperatura promedio veinte grados centígrados bajo cero, cuando no treinta o cuarenta.

También debió adaptarse a ciertas costumbres muy distintas a las nuestras. Por ejemplo para hablar con alguien siempre debe mantenerse una distancia aproximada de un metro y medio de distancia. La gente se saluda una vez, en la cual se dan la mano y si te encuentras con esa persona nuevamente en otro momento del día jamás se te va a ocurrir volver a estrecharle la mano... ¡ya se vieron..! ¡Ya se saludaron! Esto es para nosotros totalmente anormal ya que entre nosotros abundan los abrazos, besos y porque no un apretón de manos sentido cada vez que nos encontramos con un amigo. Si tienes pensado saludar a alguien no puedes ir a su casa sin concertar una cita previa que seguramente será en el plazo de una o dos semanas. Tampoco se puede llamar a alguien por teléfono sin pensar que quizás se lo está interrumpiendo. En realidad esto se ve como descortés o maleducado. Daniel se fue adaptando a las diferentes costumbres de una cultura que simplemente era distinta a la nuestra.

En Argentina, contrariamente, es muy común llegar a saludar a amigos sin avisarles y es muy probable ser recibidos con improvisadas invitaciones a comer un buen asado o encargar una pizza para compartir juntos, espontáneamente, un momento. Tiene que ver con una cuestión en la cual esta actitud no se ve como descortés, en tal caso si los dueños de casa no pueden atender a quien llega, lo comunicarán y se verán en otro momento.

De todos modos Daniel se adaptó y con el tiempo logró progresar y disfrutó de unos años de viajes por Europa. Recorrió Alemania, Holanda, Francia y Suiza, buscando en este último y bellísimo país, historias de sus antepasados familiares, en concreto conocer el pueblo donde había nacido su abuelo, Sion.

Pensar que los abuelos de Clara habían vivido en el Norte de Italia, ahí bien pegaditos a Suiza donde habían vivido los abuelos de Daniel

Ahora él estaba en Suecia y Clara en Argentina.

CAPÍTULO TRES

HEMISFERIO SUR - BUENOS AIRES

Buenos Aires es una ciudad a orillas del río de la Plata. Dicen que cuando Pedro de Mendoza bajó de su barco español allá por el siglo XVI quedó impactado por la pureza del aire que respiraba y es a esa impresión que causó en él en ese momento, que le debemos su nombre a nuestra hermosa ciudad. Claro que desde aquellas épocas Buenos Aires creció y hoy no tiene un aire tan puro al haberse convertido en una gran urbe que cuenta con los avances de muchas ciudades actuales. Sin embargo, no ha perdido el mágico encanto de su cielo impecable y celeste y el aire que le da estar al borde del río que desemboca en el océano Atlántico. Toda la costa este de Argentina limita con este vasto océano, rico en fauna de la más variada, de aguas frías y olas imponentes desde la ciudad balnearia más típica, Mar del Plata, pasando por la península de Valdéz hacia el Sur, plagada de pingüinos y ballenas orcas, y también por la ciudad más austral del mundo, Ushuaia, en la provincia de Tierra del Fuego, hasta llegar a la Antártida Argentina, el desierto de hielo que es motivo de investigación de los más audaces científicos y objeto de deseo de los más poderosos a la hora de pensar en un recurso natural tan codiciado como el agua dulce.

Buenos Aires tiene un dejo parisino que asombra a muchos de los turistas que llegan aquí pensando que vinieron al fin del mundo y se encuentran con una ciudad que se puede disfrutar a toda hora en toda época del año. Sus edificios, de construcción en su mayoría de estilo francés salpican la avenida 9 de Julio, la más ancha del mundo, que cuenta con dos grandes bulevares de los que emergen en primavera las copas rosadas y lilas de los palos borrachos y jacarandaes que se aprecian a lo largo de toda la ciudad.

Cada día Clara observa el cielo desde las calles de su barrio, el mismo cielo que dejó asombrada a Lady Di cuando las puertas del avión en que había llegado de visita a nuestro país se abrieron dejando ver el celeste más puro que se pueda imaginar.

Lugar: Buenos Aires, Argentina
Tiempo: 13 años más tarde

Clara está en la facultad en clase de Estrategias de Conducción. La materia le resulta sumamente interesante pero su mente está un poco ocupada con los conflictos que afronta en el momento. Por fin después de tanta pelea y disgusto constante ha tomado la dura decisión de separarse. Esa mañana su marido, sin haber alcanzado a comprender que no podían seguir estando juntos y someter a los chicos a asistir a la terrible decadencia del amor, se había ido. Ella sentía que estando juntos estaba enseñándole a sus hijos que el amor o la pareja era pelearse, discutir, esquivarse, intentar no verse. Y el amor no es eso.

Sale de la clase y toma un café con una compañera. De pronto, siente la necesidad de contarle y ella la escucha y la apoya. Su nombre es Estela. Estela es una mujer fuerte y luchadora que ya ha pasado por la experiencia de la separación y en ese momento sabe escucharla y aconsejarla.

–Che Estela...

–Si... responde ella.

–Te tengo que contar algo...

–Decime... ¿Qué es que estás tan intrigante..? ¿Te encontraste algún bombón que te de un poco de alegría..? ¡Jaja! –sonríe en un gesto de picardía.

–Nooo... ojalá... No, mi marido se fue esta mañana.

–¿En serio..? –responde Estela algo asombrada–. Bueno, por lo que me estuviste contando entiendo que va a ser para bien.

–Sí, seguro... pero ahora empieza la batalla. Está como loco, esto no me va a ser fácil.

–Nunca va a ser peor que la tortura de vivir mal junto a alguien que no es para vos. Eso es padecer a diario, te va destruyendo poco a poco y hace mal a los dos, y por supuesto también a los chicos, responde Estela calmada y a la vez segura.

Clara asiente en un gesto afirmativo con la cabeza, continúan conversando mientras dura el *break* para el café. De pronto Estela le pregunta...

–Decime... y vos, ¿no tuviste algún novio antes de conocerlo a tu marido, alguno de quien te hayas enamorado?

Clara no comprende mucho el porqué de esa pregunta en ese momento, su mente está ocupada con lo que está sucediendo, pero responde repentinamente y con total espontaneidad.

–Bueno, novios no fuimos, sólo amigos... pero si yo tengo que decir que estaba enamorada de alguien ese es Daniel.

Y sin querer salta en el tiempo y comienza a contarle brevemente quien era Daniel.

"Daniel era mi alumno, venía a estudiar Inglés a casa los viernes y sábados porque iba a un colegio durante toda la semana. A veces venía los domingos. A pesar de que él era menor que yo dos años, había entre nosotros una comunicación muy especial ya a esa edad. Él tenía tan solo dieciséis años, sin embargo, yo me sentía muy atraída por su pensamiento. Como su profesora mi actitud fue siempre la de enseñarle pero lo que yo iba percibiendo de a poco era cuánto yo tenía para aprender de él. Así nos hicimos amigos..."

Lugar: Buenos Aires, living de la casa de Clara.
Tiempo: 4 años más tarde.

Clara y Estela ya han terminado su carrera universitaria y trabajan juntas en un proyecto. Esta vez es Estela quien le cuenta a Clara sus preocupaciones. En realidad ella esta en conflicto con sus sentimientos con un amor de esos de atracción fatal, que llenan el cuerpo de sensaciones placenteras y vértigo sexual. Un amor de encuentros clandestinos y sabores prohibidos. Ella parece estar muy enamorada pero a la vez se siente incompleta y siente que debe tomar una decisión a la cual le es complicado llegar porque dentro de su ser se mezclan sentimientos y sensaciones ambiguas que la atormentan y no la dejan avanzar.

–No sé que hacer... dice Estela desesperada. Debería ver a una bruja... alguien que me oriente, alguien que me diga algo... Yo...

–¡Espera un minuto..! –responde Clara ansiosa y, como haciendo memoria, dice–: Yo una vez fui a una grafóloga y vidente que me dijo cosas con años de anticipación que pasaron con extraña precisión, como por ejemplo me dijo la fecha de mi casamiento y la marcó en el término de tres meses, como seis años antes de que ocurriera, cuando yo no tenía ni idea de que iba a ser así. También me dijo que tenía la mano marcada de viajes...

"Esperá que voy a arriba que tengo guardada en una *cajita* unas cosas de cuando era soltera y creo que allí tengo la dirección de esta mujer".

Clara sale disparada para la planta alta y comienza a buscar en una pequeña caja llena de papeles la nota donde ella cree tener el teléfono o la dirección que busca. Súbitamente ve un papel que cree reconocer. Clara tiene cuarenta y dos años y encuentra una carta que tuvo oportunidad de leer diecisiete años atrás. Ella había guardado esa carta durante diecisiete años...

Abre el sobre y comienza a leer. Clara no puede llegar al cuarto o quinto renglón cuando descubre que las lágrimas no le dejan ver. Una enorme, honda e indescriptible emoción invade su ser de una manera difícil de explicar con palabras. Estaba leyendo o intentando leer la carta que Daniel le había escrito antes de que ella fuera a casarse. Con lágrimas en los ojos y el papel en mano, baja la escalera y le dice a Estela:

–Lo siento pero no encontré la dirección.

Estela la mira y no sale de su asombro ya que Clara llora mientras le habla y eso parece no tener mucho sentido para ella.

–¿Qué te pasa? ¿Porqué estas llorando así?, le dice estupefacta.

–No encontré la dirección pero... ¡mirá lo que encontré..!

Clara comienza a leer la carta de Daniel... guardada durante diecisiete años en una cajita, el papel del cuaderno de espirales está algo amarillo...

LA CARTA

Esta historia es mi historia de amor imposible

Ella es la mujer más hermosa del mundo

Siempre me gustó. Cuando la vi por primera vez mi corazón despertó.

Siempre la amé, durante años. Pero no se lo dije porque tenía miedo.

Sueño con ella.

Ella me rodea con sus brazos y me besa con ternura.

En el cielo entre las estrellas. Ella es mi vida.

¿Puedo tener tu amor hoy o mañana? Cuando lo tenga seré muy feliz.

Tú eres una excelente persona. Nunca encontraré una persona como tú.

TE AMO.
Si este sentimiento está dentro de mí nunca *lo dejaré ir. Es algo que necesito.*
Es difícil de explicar. Eres tú a quien yo he estado buscando día a día.
Bueno, no sé lo que piensas. Ahora me estoy yendo a Europa, no sé cuando regresaré. Necesito decírtelo antes de irme.
Te voy a recordar y amar siempre.
Si me amas, ¿vienes conmigo?

Estela la escucha comenzar aunque termina quitándole la carta de las manos ya que Clara no es capaz de seguir leyendo por la emoción que invade su alma.

–Flaca... ¡este tipo te ama de verdad!

–Bueno... eso fue hace mucho...

–¡Bueno..! Y vos no estas muy lejos de estar enamorada, ¡sino, no estarías así!

–Es verdad... me impresiona sentir lo que siento y haber reaccionado de esta manera por sólo leer la carta.

–Es evidente que vos guardaste este sentimiento muy dentro de vos por mucho tiempo. Mirá... voy a decirte algo y quiero que me escuches muy bien: Que yo no venga acá el Sábado próximo y vos no averiguaste de alguna manera su dirección de correo, ¿sí?

Clara la escuchó con atención, pero no necesitó mucho más porque a partir de ese momento comenzó a sentir una fuerza inexplicable, algo que ella no sabía describir que la impulsaba a llegar a su objetivo.

Esta percepción que sentía era algo que jamás había sentido antes. Era como si alguien, una fuerza externa a ella la empujara a averiguar y no detenerse. Ella podía sentir ese impulso... ¡como explicarlo..! Era como si alguien la empujara, no porque ella no quisiera hacerlo, ¡no! No tenía que ver con el deseo. Era sólo que "algo" la empujaba...

Así fue como a fuerza de conectarse con Fabián, un amigo en común que había ido al colegio con Daniel y vivía en Argentina ella logró, no sin dificultad, conseguir el correo de Daniel.

Ahora había que atreverse a escribirle y esperar respuesta de él, si es que estaba dispuesto a contestar.

Clara tenía sus dudas, pensaba que quizás él diría "ésta que se le ocurre escribir ahora después de 17 años sin haber jamás hablado".

Por otro lado sentía que debía decirle de alguna forma lo que había sucedido... que ella debía... aunque sea para que él se sintiera amado, que se sintiera bien... debía decirle lo que ella sentía por él.

Era un día de calor en Buenos Aires, calor y humedad.

Y Clara se atrevió a escribirle.

El primer correo electrónico:

AFTER SUCH A LONG TIME[*]

Hola Daniel, ¿cómo estás?

Supongo que te debe asombrar mucho que te escriba... en realidad tuve dudas en escribirte pero parece que al final me animé. La verdad es que atravieso un momento de mi vida sumamente rico en búsquedas que tienen que ver con lo interior, en crecimiento personal, profesional y en consolidación como persona. En esa búsqueda encuentro en el camino partes de mi vida que analizo a veces con emoción, a veces con dolor y también con esperanza. Me propuse recuperar aquellas relaciones que tuvieron un valor muy importante para mí o que hubieran tenido una calidad que es difícil de encontrar, y me encontré a mi misma, pensando, una vez más... en vos. Además como a las cosas que uno quiere o les da mucho

[*] Traducción al castellano: "Después de tanto tiempo"

valor, las cuida... o "no se las puede desprender". Encontré las cartas que me mandabas desde Mendoza, y la última que me dejaste antes de irte de viaje.

Vos y yo tuvimos un vínculo que aún valoro. Quisiera que fuera éste un tiempo de reparaciones en el alma y en las almas que se hubieran afectado por efecto de la mía. Me gustaría saber de vos, qué hiciste en estos años con la esperanza de encontrarte lleno de vida como siento que te ví la última vez... Dicen que las personas son a medida que crecen "más de lo mismo". Estoy segura entonces que te encontraré más rico interiormente de lo que te dejé. Y, además, seguramente, me superaste en muchos aspectos... and most probably you speak English better than I do. La vida a veces da vuelta las cosas y quien estaba antes en el lugar de enseñar quizás esté hoy en el lugar de aprender... ¿no?

Igualmente yo siempre aprendí más de vos de lo que te enseñé.

Espero que tengas deseos de responder al enorme impulso que me llevó a comunicarme con vos.

Te mando un Beso Grande.

Clara.

Ahora había que esperar... quizás él respondiera, quizás él fuera tan solo amable en su respuesta y no tuviera interés en conectarse con ella después de tanto tiempo. Por ahí ni siquiera le llegaba el correo, ni siquiera lo recibía o se perdía... vaya a saber que podía pasar...

Clara esperó con ansiedad hasta el día siguiente con la leve esperanza de que él hubiera podido leer su carta.

En un acto rutinario... en el living de su casa en Estocolmo Daniel se dispone a revisar el correo electrónico. Afuera nieva, los copos caen lentos pintando las copas de los árboles de un blanco impecable y a la vez algo transparente por efecto del hielo que parece cortar afiladamente las verdes hojas que no se ven. Sentado frente a la computadora comienza a mirar la lista de mensajes nuevos. Recién se levanta, los ojos se fuerzan por cerrarse aún después de haberlos empapado minutos antes en el baño. Fija su vista en la pantalla mientras bosteza. ¡De pronto..! Entre todos los nombres que titulan los correos en sueco lee algo en español.

Lee un nombre... Clara... Nooo... no lo puede creer. Al principio es como un sueño. No entiende mucho lo que lee, es más casi lo borra creyendo que era algún virus de esos que te mandan cada tanto... lee de nuevo.

La emoción lo invade penetrante, indagando su cuerpo que ya dio una señal de alerta de modo que cierra el correo, apaga la computadora y se va a hacer algo a la cocina...

¡Es que no puede creerlo..! Deja pasar un rato, es como si se tomara un tiempo para creer que lo que está viendo es posible... es real. Es que hace diecisiete años que no ve a Clara o habla con ella.

Se prepara un café y vuelve a la computadora convencido de que nada sucedió, con la certeza de que soñó, de que... recién se levanta y recién ahora comienza su día.

Todo comienza de nuevo.

Esta vez su mano sostiene una taza humeante de café que desprende un aroma deleitante que invade el ambiente impregnando el lugar excepto su olfato que parece haberse anulado.

Vuelve a la computadora mientras traga el café que no tiene gusto a nada, no porque el café en Suecia sea feo, no. Sino porque lo hace tan automáticamente que el líquido se desliza por su garganta olvidando dejarle señales a las papilas gustativas en la lengua y sabe a nada ante la emoción, la expectativa que subyace a sus actos.

El "bip" de la computadora arrancando y la destellante luz de la pantalla que se enciende con parsimoniosa lentitud le parecen una película lenta en blanco y negro, interminable, eterna.

Escribe lo más rápido que puede su nombre y su clave. Espera. Se abre el correo. El nombre y apellido de Clara aparecen en el mensaje que está titulado en inglés.

¡Era cierto! ¡Clara estaba ahí! Abrió. Leyó casi sin creer.

Y Daniel respondió:

RE: AFTER SUCH A LONG TIME...

¡HOLAAA!

¡Que emoción no lo puedo creer! ¡Sos vos, flaca..! Mientras leía tu carta sentí como si... es difícil de explicar pero me emociono *mucho*.

Qué bueno que seguiste tu impulso y me escribiste, yo estuve en camino muchas veces pero... si sirve de algo *nunca me olvide de vos,* tengo muy buenos recuerdos y estas en mi lista –que es muy corta–, de gente muy *especial.* Las veces que tuve mis bajones *te sacaba de mi cajita donde guardo las cosas lindas de la vida y me acordaba de vos* y eso me hacia olvidar los malos momentos.

Las veces que me he comunicado con Fabián preguntaba por vos. La última vez que hable me contó que se habían encontrado y que sacaron el tema "Daniel". Yo le dije... ¿todavía se acuerda Clara de mí?

Por donde empezar... mi inglés no mejoró mucho, sólo hablo sueco, pero entiendo ingles y cuando quiero decir algo sólo me sale el sueco, tendría que haber tomado más lecciones de ingles con vos, la profesora más guapa.

¡Qué loco esto..! Estar escribiéndote después de tanto tiempo, seis días antes de que te casaras me fui de Argentina, pasaron diecisiete años desde que me fui y nunca volví. Todos los años planeo que voy a viajar y por una u otra razón me quedo de vacaciones por Europa. En todo

caso, dentro de mis planes, si es que voy a Bs. As alguna vez, es ir a visitarte y... ¡qué abrazo te voy a dar!
Bueno, contándote un poco de mis años, de mi vida acá en Suecia –que pronto van a ser tantos como los que viví en Buenos Aires–, me case *a penas* que llegué, conocí a una chica y al mes nos casamos. Mis hijos...

Así es como Daniel le respondió a Clara al día siguiente de recibir su mail.

Emocionado, increíblemente sorprendido de lo que la vida le estaba poniendo delante de los ojos y a través de la pantalla de la computadora. Una vez más el tiempo se fusionaba con el espacio que ahora pasaba a ser la pantalla de la computadora y acortaba las distancias que el destino había marcado en sus vidas.

Y Clara leyó "me case *a penas* que llegué" y pensó "seguramente quiso poner *apenas*, o sea, *ni bien* llegó –que se escribe todo junto–, sin embargo seguramente inconscientemente escribió *a penas*, que más bien significa *con pena*.

Él continuaba su carta diciendo...

Estuve trabajando como loco desde el primer día que llegue a este país sólo tenia doscientos dólares cuando llegue, trabaje lavando platos en restaurantes, después limpiando oficinas y después de un año y medio, cuando aprendí algunas palabras de Sueco, empecé a tener trabajo fijo y trabajando aprendí este idioma "Det var inte lätt att lära sig svenska" = "no es fácil aprender sueco". Con mucho sacrificio pude lograr avanzar pero tuve un poco de mala suerte, ya que me enferme hace bastante, y la semana que viene me van a operar.
Bueno, a ver si me cuentas de tu vida, ¿tienes hijos, casada, o con novio, etcétera? ¿Dónde estas viviendo? ¿Tienes algún número de teléfono donde te pueda llamar? Espero que me sigas escribiendo y no perder con-

tacto con vos ¿Sabes de algún chat donde nos podamos encontrar? Piensa que acá son cinco horas más de diferencia.

Un Beso, Daniel.

Daniel terminó de escribir su respuesta a Clara e inmediatamente se volvió a conectar y le mandó un segundo mail:

¡Hola de nuevo!
Leí tu carta otra vez y me volví a emocionar y ahora me di cuenta de lo que siento cuando la leía por segunda o tercera vez, sentí como sentía cuando recibía carta tuya y vivía en Mendoza. Yo guardaba tus cartas en algún bolsillo y las leía una y otra vez hasta que me las sabía de memoria, qué lindos recuerdos, *nunca conocí a alguien tan especial como vos. Sólo quería decirte esto.*
Daniel.

¡Qué increíble! Daniel respondía a su carta con la misma emoción que ella había sentido y repetía las palabras que había escrito diecisiete años atrás en la carta que le dio: "*Nunca voy a conocer a alguien como vos*". O... el "*nunca te voy a olvidar*" que escribiera en la misma carta que le dejó antes de que ella se casara, lo escribía hoy como "*nunca me olvidé de vos*".

Y paradójicamente... en esas cosas que no resultan fáciles de creer, Clara había guardado la carta de declaración de amor de Daniel en una "*cajita*" durante tanto tiempo y él le hablaba en su *primer* respuesta, *en sus primeras palabras después de 17 años*, de una "*cajita*" ¡*en donde él guardaba las cosas lindas de la vida*!

Ya su conexión no estaba olvidada, ya Clara supo que todo estaba igual como si el tiempo no hubiera transcurrido, como si la distancia no hubiera existido entre ellos como si sobre el Atlántico hubiera habido un puente que en lugar de tener diecisiete mil kilómetros hubiera tenido tan solo unos siete metros tan fáciles de atravesar.

Es el poder del AMOR que hace que no haya distancia que separe lo que debe estar unido, que en realidad permanece unido a pesar de esa distancia y a pesar del tiempo. Un Amor tan fuerte y poderoso que parecía haber existido durante siglos intacto en sus almas y en sus corazones.

Clara leyó la respuesta de Daniel e inmediatamente le contestó:

I CAN HARDLY BELIEVE IT!*

Hola Daniel,
¡Que suerte que no se te perdió mi carta! Estoy tratando de recuperarme de haber recibido tu respuesta. En este momento estoy en mi casa, acabo de volver de un locutorio ya que por el momento no tengo Internet en casa porque justo estoy por instalar banda ancha.

Recibir tu respuesta me emocionó *mucho*. ¿Me ves sentada en un locutorio con un nudo en la garganta y... lágrimas que brotaban sin parar, leyendo y releyendo una y otra vez cada una de tus palabras? Decime: ¿De veras le preguntabas a Fabián si me acordaba de vos? *Nunca* pude olvidarte. Me tomo varios años que pasara el día de tu cumpleaños sin recordarlo... y otras cosas más que te contaré en otro momento. Quiero decirte que tengo teléfono pero no te lo voy a dar por ahora porque no puedo explicar con palabras la emoción que me produce conectarme con vos... y no creo estar preparada para escuchar tu voz *ya*... dame unos días... unos mails de por medio, ¿sí?

Bueno paso a contarte, me casé en la fecha que había planeado, ahora y después de leer tu carta caigo en la cuenta de que fue unos días después de que te fueras. Mis hermosos hijos ya están algo grandecitos... com-

---

* Traducción al español: "Apenas puedo creerlo"

pramos una casa, me mudé y me separé por decisión propia, con todos los costos que esto implica... ya van a hacer cuatro años.

Sigo trabajando como profesora de inglés e hice una segunda carrera universitaria con mucho esfuerzo, piloteando la casa, el trabajo, los hijos, el divorcio, el abogado, el tribunal, el juicio, etcétera, bueno para qué te voy a contar cosas feas.

Trabajo mucho por mí y por mis hijos... ¿Sabes? Cuando me separé mucha gente me dijo "ahora te tenés que enganchar un tipo con guita"... qué tontos... no saben que lo más importante en la vida es el AMOR y que cuando uno lo encuentra no lo debe perder, lo debe cuidar... cuanta plata posea una persona es lo de menos... no se alcanza la felicidad con dinero, el dinero no llena las cavidades más profundas del alma ni te hace plenamente vincular en el cuerpo con tu par.

¿Novios..? Hubo un par... "nada importante"... algo sorprendida porque me siguen los de treinta y pico y para mis cuarenta y dos digamos que hay una sutil diferencia, ¿no? Pero tendré que analizar qué me lleva a posar la mirada en hombres menores que yo en edad...

Me preocupa mucho que me digas que te enfermaste, el día de la operación, o sea la semana próxima contá conmigo... estaré pensando en vos... todo va a salir *bien*. Yo tampoco nunca conocí a alguien como vos y quiero que lo sepas. Cuidate.

Clara.

Al día siguiente, Clara va al locutorio y recibe una nueva respuesta:

Re: I CAN HARDLY BELIEVE IT!

¡Hola!

Qué loco todo esto después de tanto tiempo y sentir tantas emociones...

Espero tu teléfono con ansiedad...

Te felicito por lo de tu carrera y veo que seguís haciendo lo que te gusta, eso es muy importante, hacer lo que a uno le gusta a nivel laburo* me ayudó mucho para bancarme** el cambio de país entre otras cosas. Ésta es una sociedad muy distinta a la nuestra pero, después de tanto tiempo, uno se acostumbra y cada día que pasa se va olvidando de muchas cosas pero no de las personas a las que uno quiso y a las que no olvida. Esto de la distancia es bien duro, se piensa mucho en lo que alguna vez se dejó y a veces se pregunta como hubiera sido si se hubiese quedado o vuelto. Eso uno nunca lo sabrá y es sólo algo que se imagina y sueña, pero lo positivo de esto es que se tienen buenos recuerdos y son los que se sacan a la luz y son esas cosas las que hacen que uno se banque los malos momentos.

Cuando me enfermé hace como dos años, al principio me bajoneé*** mucho, pero sacando lo positivo me di cuenta de otras cosas de la vida que cuando se está tan ocupado no se tiene tiempo de ver.

¿Y vos flaca? ¿Cómo te sentís? Lo de los tipos de treinta que te miren no me extraña, sos la más guapa de Argentina, qué ganas de verte...

¿Sabes de que me acuerdo..? Cuando vivía en Mendoza una vez te fui a visitar y salimos una noche a un café por La Lucila, estuvimos hablando un montón y vos estabas guapísima yo veía como los otros flacos te miraban, me sentía tipo Maradona, sentado en un café con tremenda guapa. Cuando íbamos camino al auto vos me dijiste que

---

* Del lunfardo, "laburo" = trabajo.
** Del lunfardo, "bancarme" = aguantar, resistir, sobrevivir.
*** Del lunfardo, "me bajoneé" (de "bajonearse") = deprimirse.

tenías frío y te di mi campera o pullover... ¡Qué boludo que fui! Te tendría que haber abrazado y no haberte soltado... Tal vez gracias a que fui un boludo todavía podemos estar escribiéndonos después de tantos años. Lo que me pasaba a mí era que tenía como miedo, yo pensaba, esta diosa se merece un tipo que pueda darle todo lo que ella quiera y yo sentía... yo no le puedo dar todos los gustos... –a nivel económico–, porque a nivel... te podría haber dado todo lo que hubieses querido.

Bueno diosa, espero seguir recibiendo más correo tuyo y cuando te animes el número de teléfono. Esto me hace acordar cuando uno era joven y conocías a alguien y lo más importante era si te habías conseguido el número de teléfono... que no era fácil.

Un abrazo, Daniel.

Daniel... hola ¿cómo estás?

Pensando en todo esto recuerdo tus palabras: "¿Qué loco no?" Después de tanto tiempo. Y pienso... después de tanto tiempo y aunque los espacios y las distancias sean tan lejanos, se puede estar tan cerca de alguien. Creo que a nosotros nos pasó esto siempre, a pesar de las distancias siempre hubo algo muy fuerte que nos unió a pesar de todo... ¿es así para vos también? Por lo menos esto es lo que me pasó a mí.

Yo no sé cómo pasó... pero buscando algo fui a revisar en una cajita y me encontré tus cartas... al sacar la que me dejaste antes de irte, comencé a leerla y no la pude terminar de leer claramente porque me emocionó mucho. Luego de unos días lo llamé a Fabián... y le pedí tu mail... me dijo... "Mira que vos fuiste el amor imposible de Daniel", le dije: "Ah, ¿sí?", lo que nunca le dije fue "y él el mío" para qué se lo iba a contar, ¿no? En tal caso si había alguien a quien contarle era a vos.

Espero que escuchar esto te haga bien, esa es la intención, al menos darte lo que nunca pude a través de palabras.

Of course* que me acuerdo cuando me llevaste a tomar un café a Libertador en La Lucila, y cuando volvíamos escuchábamos una canción de Bárbara Streisand, no me acuerdo el nombre... ¿vos?

Era una diosa... no te olvides que tenía veintidós o veintitrés años ahora tengo veinte años más... ¡Qué horror! Todavía conservo algo de diosa. Bueno, si yo era una diosa, vos eras el dueño del Monte Olimpo... tenías a tu diosa ahí, y estaba con vos, no con los que miraban. Pero te entiendo, no te atreviste al igual que me pasó a mí cuando me dijiste que me fuera con vos a Europa tan solo unos tres meses antes de casarme, con la fiesta, el vestido... todo listo... Claro, era muy fuerte, y no pude dejar a mi ex en ese momento, después de la tragedia que había tenido que atravesar. *Implicaba tomar una decisión en un lapso de tiempo muy corto. Quizás si hubiera tenido un poco más de tiempo...*

Qué vueltas tiene la vida... y pensar que no pude ser feliz con él y te dejé ir a vos... ¿Sabes..? Ese día que estábamos en el living de la casa de mis viejos y ya te ibas, te hice irte por el portón de salida del jardín que estaba más expuesto, porque en el hall de salida del living podías acercarte y besarme... y estaba aterrorizada de que lo hicieras —no por un beso, por supuesto—, sino porque sabía, estaba segura que si probaba el sabor de tu boca iba a tener que dejarlo todo... y... qué tonta fui... pero como vos decís... quizás no nos estaríamos escribiendo ahora.

Estoy segura que si la comunicación que existe entre nosotros es así como es... a otro nivel... claro que hubieras

---

* En inglés: "Por supuesto".

sido capaz de darme todo lo que quisiera, y yo de responderte de la misma manera.

Bueno dios, escribime, cuidate mucho, descansa y recuperate, quiero que pongas en tu mente que te vas a mejorar *sí o sí*, ¿Me escuchas..? ¿Me entendés..? Vas a estar mucho mejor muy pronto. Te mando un Beso. Clara.

De este modo Clara le explicaba cual había sido la verdadera razón por la cual ella, en una actitud, distante quizás, había actuado de manera tal que pudiese evitar el contacto entre ellos porque era muy fuerte para ella pensar en el sólo roce de sus bocas.

Ahora pensaba mucho en él, en su salud. El saber que estaba enfermo la preocupaba mucho. Ella sentía un dolor muy profundo de saberlo padecer una enfermedad que, más adelante él le contaría, era crónica.

Clara se angustió al saber que estaba así y a la vez se impresionó de haberse contactado con Daniel una semana antes de su operación. En ese momento no le daría la importancia o el sentido, mejor dicho, que esto cobraría más adelante.

Una mañana se encontró a si misma llorando arrodillada en su cocina pidiéndole a la Virgen que lo protegiera en la operación. Al día siguiente, juntando adeptos para hacer una cadena de oración por él.

Y Daniel continuó escribiendo...

Hola ¡Diosa!

Ya me estoy sintiendo mejor y no dejo ni un momento de pensar en vos... claro que siento lo mismo que vos, todo lo que me decís de tiempo, lugar y nuestra relación de ¿Amigos? o de eternos enamorados de nuestras personalidades, de nuestra forma de comunicarnos. Siempre fue *muy especial* mi forma de comunicarme con vos, siempre pude ser yo, no sé si me entendés, yo sentía que cuando te encontraba y hablaba con vos y te miraba, sentía que podía estar adentro tuyo, como que por medio de tus ojos podía ver... o mejor dicho... tú me dejabas verte hasta el corazón... y me sentía tan bien cuando compartía tiempo con vos, una lección de inglés, una visita... yo me conformaba con sólo verte...

Bueno, me estoy poniendo muy melancólico... Te cuento que la operación salió bien, estoy con mucho dolor pero los calmantes me ayudan, aunque me siento muy mareado, pero sólo quería escribirte un par de líneas para que supieras que estoy bien.

Cuidate mucho guapa.

Daniel.

Clara también respondió a sus palabras... y le contaría algo que los dejaría a los dos muy sorprendidos...

Daniel,

Ayer te contesté rápido porque me iba para el trabajo. Quiero decirte que pienso exactamente igual que vos respecto de nuestra forma de comunicarnos y siento lo mismo... Yo siento que con vos puedo ser yo misma y siento que nadie me conoce tan profundamente como vos. ¡Qué lindas cosas que me escribiste sobre la mirada..! Nadie puede reemplazarte en mi vida... ¿sabés? Pueden decirme los piropos más seductores pero son para mí solamente anecdóticos –no significan nada más que una simple gratificación para el ego–, sólo vos podés llegar tan profundo en mí. Releía tus mails y pensaba que yo era tu profesora y vos eras mi alumno. En tal caso vos eras mi Maestro, la vida es un constante aprender y si uno no aprende de las cosas que le pasan... se pierde la vida... ¿no? Hasta las cosas que te hacen sufrir te enseñan... y de ellas uno aprende, si puede, a ser mejor persona.

En la mesa de luz tengo el libro que me regalaste de Leo Buscaglia, "Vivir, Amar y Aprender", lo estoy comenzando a leer de nuevo, ya te voy a mandar alguna frase para que compartamos. Gracias por dármelo.

Quiero contarte cómo llegué a escribirte...

¡Vuelvo a asombrarme de todo esto..! Pienso... ¿qué me llevó a leer la carta cuando la encontré? La emoción no me asombra, indudablemente tiene que ver con los sentimientos. Lo que me asombra es que fue como si algo *me empujara*... a hacerlo.

Qué difícil de explicar... no sé si se puede entender si no lo viviste...

Te cuento otra cosa, ayer estaba escuchando la radio y pasaron la canción que me hiciste escuchar cuando fuimos a tomar el café a La Lucila. ¿Te acordás que me hiciste traducirla..? Mmm... me la quedé escuchando y decía: "I am a woman in love and I´ll do anything to get you into my world and hold you within". "Soy una mujer enamorada y haré cualquier cosa para tenerte en mi mundo y retenerte en él". Y sigue la canción. Pero hay una parte que me pareció como "premonitoria".

"We may be oceans away, in love there is no measure of time" no sé si estaba en ese orden. Pero que dijera... "podemos estar separados ¡por océanos! ¡En el Amor no existe la medida del tiempo!". Es increíble, vos elegiste esa canción esa noche como seis años antes de irte a Europa y sin siquiera sospechar que algún día tendrías la posibilidad de ir allá. Y yo recién ahora me estoy dando cuenta del contenido de esa letra... no salgo de mi asombro ¡es increíble!

Quiero que sepas que yo no me levanté una mañana y de repente dije: ¿qué será de la vida de Daniel? Le voy a escribir a ver que onda... ¡Noo! Sólo podría decir que es como que alguien desde el cielo me sacudió, me impul-

só, me imprimió una fuerza más allá de mí... y *me empujó a buscarte.*
Te dejo con esto...
Te pienso. Escribime cuando puedas, cuando te sientas bien, ahora descansa, yo te espero.
Clara.

¿Premoniciones, destino marcado, causalidad? ¿Qué es lo que sucede de forma mágica que a veces no podemos ver? ¿Qué es lo que no nos permitimos escuchar?, eso que nos dice el corazón. ¿Por qué hacemos oídos sordos a tantas cosas en la vida?

¿Por qué Daniel había elegido esa canción en ese momento? ¿Por qué escribió las palabras exactas en ese pequeño papel..? ¿Qué fuerza lo llevó a elegir una canción cuya letra decía *"podemos estar separados por océanos"* sin saber que el destino los separaría con el Océano Atlántico de por medio? O *"en el Amor no existe la medida del tiempo"* sin saber que estarían separados en el futuro durante diecisiete años.

Además antes de irse escribió: *"¿Puedo tener tu amor hoy o mañana..?* ¿Cómo sabía él que la posibilidad del mañana estaba reservada en su destino? Bien pudo haber escrito: "¿puedo tener tu amor hoy?"

Cuando digo: "¿Por qué hacemos oídos sordos a tantas cosas en la vida?", me refiero a todo, no sólo al Amor, me refiero sí, a todo lo que el hombre ignora o le es más fácil no ver.

Me hace acordar a una canción de Phil Collins "Another Day in Paradise"[*] que relata cómo una mujer que pide en la calle es ignorada por un hombre que pasa a su lado... Cuantas veces ignoramos hechos o personas porque no podemos abarcarlo todo, porque no nos interesa, porque a nosotros no nos está pasando... porque por suerte no estamos en su lugar...

---

[*] "Otro día en el Paraíso" –"Another Day in Paradise", Phil Collins

¿Quién escucha a esas personas?

Por suerte existen los compositores y los cantantes que como Collins a través de sus canciones se proponen despertar la conciencia en la gente.

¡Por suerte existe la música! Debemos Llamarnos afortunados de saber que existen grandes comunicadores como los cantantes. ¿Tendrán ellos, más allá de la fama, real conciencia de lo que pueden lograr en la vida de las personas, de lo que son capaces de comunicar al mundo?

Sólo nos falta saber escuchar.

Qué suerte que existen Barbara Streisand y Barry Gibb, Luis Miguel, Maná, Elton John, Gloria Stefan, George Michael, Pavarotti, Zuchero, Sting, Abba, Roxette, Aznavour, Sinatra, Minelli, Fito Paez, Josiah Barlow, Jairo, Los Nocheros, Los Fabulosos Cadillacs... y todos los que no podría llegar a nombrar acá porque afortunadamente la lista sería larguísima.

¡Qué bueno es saber que Bono utiliza su fama para ayudar!

Qué afortunados todos los que podemos escuchar la letra que Lennon escribió en "Imagine".

Qué suerte que Madonna ahora lo canta y arrastra este mensaje a otro público mientras utiliza su hermosa voz para comunicar este mensaje al mundo. Mensajes que carecen de muros y barreras, porque son entendidos por todos los que saben escuchar...

Allí donde se rompen las barreras del lenguaje.
Allí donde no importa en qué idioma se diga.
Allí yacen los mensajes universales,
esos que todo el mundo entiende.
Esos que sólo se transmiten desde y con el alma.
Sólo nos falta saber escuchar.

Capítulo Cuatro

Señales

¡Clara casi no puede creer lo que Daniel le dice..! Estuvieron diecisiete años sin hablarse, sin verse, sin saber más que una frase uno del otro a través de un tercero. Y... ahora sin haber vuelto nunca a su país en todos esos años, sin haber visto más a sus hermanos en Argentina, a sus primos, a sus amigos... ahora que tan solo hacía dos meses que ella y él se habían reencontrado por mail, él le decía que ¡en un mes más estaría allí!

Las cartas comienzan a ser cada vez más íntimas, ambos sienten que después de lo que les pasó no existen inhibiciones, ni malos entendidos, ni ninguna clase de barrera que pueda impedir que expresen el amor que sienten el uno por el otro.

Él la seduce con palabras cargadas de amor y erotismo que Clara acepta sintiendo todo el amor que él le ofrece de manera tal que ella, a pesar de no haberlo visto en tanto tiempo, siente algo que no puede explicar muy bien... él hace que se borre cualquier clase de pudor o incomodidad que una mujer pudiera sentir ante tanta intimidad con alguien a quien no ha visto por años. Ella siente que él la seduce, la erotiza y a la vez la respeta y la llena de amor.

Ambos perciben que ya deben permitirse darse todo el amor que se guardaron. Que no existe ningún impedimento que les prohíba amarse. Que desean tanto ese encuentro que la vida no les pudo dar antes y que ahora les estaba poniendo por delante.

Ahora las aguas del Atlántico retrocedían y dejaban llano un camino que había sido largo y tedioso para los dos. Un camino que les había dado momentos de alegría a cada uno en sus vidas pero que también abundaba en dolor, pérdida y sometimiento.

—Hola ¿Clara?

—Hooola Mariana... amiga del alma... ¿cómo estás?

—Bien amiga, contame rápido que estoy en el laburo y no puedo hablar mucho. ¿Cómo va todo con Daniel?

—Escucha esto... ¡No lo puedo creer! ¡Viene!

—¿Qué?

—Sí amiga viene el mes próximo ¡ya sacó el pasaje..! .Yo no me quiero ilusionar... ¡todavía no lo puedo creer!

—¡Es increíble.! Buenísimo, ¿ya le contaste a Estela?

—No, todavía no. La primera en saberlo sos vos y en realidad no lo voy a contar mucho, quiero guardarlo en la intimidad sólo lo sabrán vos y tu hermana y Estela por supuesto. No te olvides que ella me empujó a buscar su dirección de correo. ¿Qué asombroso, no? Parece que hay ciertos momentos donde coinciden ciertas personas en determinados lugares que parecen haber sido puestas en tu camino con un propósito. Yo siento como si lo que ella me dijo en ese momento... toda la situación, la manera en que yo encontré la carta de Daniel, estando Estela en mi casa ese día... mmm... no sé es como si ella hubiera sido utilizada por alguien, te podría decir por un ángel, que hizo que nosotros pudiéramos acercarnos.

—¿Qué loco no? Cuesta creerlo...

—Sí pero yo te puedo asegurar que esto es algo así como raro... como si hubiera estado escrito en nuestro destino que-tenía que ser así.

—Bueno, ahora vas a tener que prepararte... ir a comprarte algo de ropa nueva... si querés vamos juntas, el sábado que viene yo no puedo pero vamos el otro, ¿si?

–OK dale... estoy re-nerviosa.

–Tranqui chiquita que esto no se puede creer... ¡Es una historia de amor de novela!

–¿Y yo soy la protagonista? ¿Será verdad o estaré soñando?

–Sí es verdad... y disfrutalo que te lo mereces, ya pasaste por demasiadas cosas, esto tenés que disfrutarlo al máximo.

–Sí amiga, te llamo y te cuento ¿ok?

–Dale nos hablamos, un beso.

–Chau, un beso.

Mariana y Clara se encuentran en Palermo Hollywood. Un barrio centenario de Buenos Aires. Juntas recorren vidrieras de un barriecito de calles antiguas, con abundante arboleda y una plazoleta central donde convergen varias calles con esquinas de bares y negocios de cosas antiguas. En la calle, un viejito de cuentos con un carro semi roto, la cara surcada por caminos de arrugas que parecen avenidas, vende antigüedades entre las cuales se puede ver un cochecito de muñecas de 1940, vasos desiguales tallados y tramados, platos pintados a mano con finos firuletes delineados con precisión, un sifón de soda de vidrio grueso y verde, bastante pesado... que parece insistir en instalarse en el tiempo... perseverante.

Ellas se detienen a mirar y se ponen a conversar con el viejo, preguntándole adónde consigue las cosas, queriendo saber de él. El viejito, encantado conversa un rato con ellas y les cuenta alguna anécdota de algún objeto... de pronto se acercan unos turistas que parecen interesados en comprar algo. Clara y Mariana se despiden de él con un gesto y se sientan en un café a conversar. Desde donde están se puede ver la plaza llena de gente mirando los puestos ambulantes de bijouterie, vestidos hippies, lámparas artesanales, blusas, mantas y chalinas hechas a mano. La plaza es un popourri de tonalidades de distintos colores matizando, zigzagueando, destacándose a la luz del sol de una tarde fresca y apacible.

En ese momento se les une Samanta, la hermana de Mariana. Clara conversa con sus amigas. Ambas son artistas plásticas y cada una en su estilo posee su toque particular que abunda en arte en cada cosa que hace o dice. Ellas disfrutan de esos momentos juntas en los que pueden hablar de todo tranquilas... de sus cosas... pero, claro... no se puede evitar hablar de Daniel.

Samanta que es sumamente expresiva y extrovertida se sale del cuerpo cada vez que analiza la situación y está tan excitada que casi invita a la mesa a dos viejos que miraban a las tres mujeres hablar como adolescentes.

Mariana apoya incondicionalmente a Clara y la empuja a disfrutar de lo que la vida le está poniendo por delante, pero es más terrenal y siempre mantiene un costado más realista de las cosas.

Las tres se levantan y se van de compras, entran a un negocio súper moderno. Clara se prueba un vestido. Mientras ella está en el vestidor cambiándose Mariana le va alcanzando más ropa que Clara eligió y ella se prueba. La puerta del cambiador se abre y se cierra, la ropa adquiere movimiento y va del cuerpo, al suelo, al puff que está afuera del vestidor y, se adecua de vuelta al cuerpo... mientras tanto Mariana, que tiene arte en las manos y en el habla reparte su tiempo en aconsejar a su amiga y hacerle un relato nutrido de detalles a la vendedora de cómo Clara se había reencontrado con Daniel después de diecisiete años sin verse y de vivir separados por 17.000 kilómetros, le cuenta de la carta antes del casamiento y le dice que Clara se está probando ropa porque él llega en tres semanas..! Mariana relata las cosas de una forma tan descriptiva y emocionante que quien escucha parece estar viviéndolas en carne propia.

La vendedora le dice: "¡Pero esto es de novela!" A lo que Mariana le contesta: "Sí, parece de novela... pero está pasando de verdad".

Clara se prueba varias prendas y al final se decide por unos pantalones ajustados, elastizados que se pegan a su cuerpo en forma provocativa y seductora. Después, se irán a seguir recorriendo, no sin antes prometerle a la vendedora volver para contarle que pasó con esta historia de Amor.

Mientras tanto Daniel y Clara continúan escribiéndose, él le pregunta adónde queda su casa como para ir ubicándose en sus recuerdos del barrio de Vicente López.

Un día, él le dice que la va a llamar. Esa sería la primera vez que escucharían sus voces después de diecisiete años. Daniel estaba nervioso, había ido a visitar a su madre en el centro de Estocolmo. Luego de conversar un poco con ella se dirigió a un locutorio y desde una cabina llamó a Clara.

–¿Hola?

–Hola, ¿sí? –respondió Clara.

–¿Clara?

–Si... ¿quién habla?

–Hola Clara es Daniel, ¿cómo estás? –Él permanece en espera de su respuesta, transportado.

–¡Hoola Daniel! ¿Cómo estás..? ¡No lo puedo creer!

–Hola ¿me escuchás bien?

–Sí, perfecto. ¿Cómo estas vos? –Le pregunta Clara con voz firme aunque por dentro se sentía frágil y vulnerable ante el sonido de la voz profunda de Daniel que cargaba un dejo de acento. La pronunciación como corta y algo cerrada.

–Yo estoy bien guapa, no puedo creer estar hablando con vos.

–¡Si, es cierto, qué extraño... yo tampoco puedo creerlo! –su voz se entrecortó por un instante tomada por la enorme emoción ahora depositada en sus cuerdas vocales.

SILENCIO...

Daniel aclaró su garganta en un sonido suave y áspero para poder permitirse continuar hablando a pesar de los nervios que invadían su cuerpo –ya le contaría él más adelante–

–Bueno mi Diosa parece que se acerca el día en que vuelvo a la Argentina... ¿qué te parece?

–Me siento muy, pero muy halagada y no veo la hora de verte...

–Te vas a desilusionar... estoy viejito.

–No lo creo... además yo estoy enamorada de la persona que habita tu cuerpo... con lo cual si estás viejito o gordito o pelado... ¡qué importa!

–Sos divina, ¿sabés? Escuchame: te llamo mañana para contarte bien la fecha y arreglamos como nos encontramos por mail... ¿te parece?

–¡Bien..! Me parece bien.

–Okay, guapa, te mando un beso.

–Yo también te mando un beso...

–Te llamo...

–Okay... Espero tu llamado.

Clara corta y se sienta... "No... no... no... ¡no lo puedo creer!" Me llamó... escuché su voz... ¡qué linda voz que tiene!

De pronto el teléfono suena nuevamente... era él que la llamaba diciéndole que de la emoción se había olvidado de decirle algo... Mmm, qué rico y halagador... Esa noche Clara soñó.

MÁS CARTAS

Hola Dios Total,

Que de besos que me mandaste por teléfono... yo por momentos cierro los ojos y te pienso y siento una sensación de proximidad impresionante parecido creo a eso que me decís que te parece que podes tocarme... yo siento como que algo pasa por alrededor de mi cuerpo pero sin tocarme como si fuera una *energía* que me envuelve... es como si tu deseo fuera *tan poderoso que se manifiesta* en mi de esa manera... es muy extraño porque lo escribo y lo digo y parece como muy romántico... pero no es algo que pongo en letras nada más *"lo sentí así, lo pude percibir alrededor de mi cuerpo"* Y pienso que no es algo fácil de que te lo crean.

¿Cuándo vas a venir? ¡No lo puedo creer! Te cuento que vivo en la calle Lisandro de la Torre... jamás se te va a ocurrir venir de sorpresa porque te mato... Después de 17 años tengo que ir a la peluquería, al cirujano plástico, comprarme una peluca y cambiar el delantal y la escoba ¡que ya son modelos viejos..!

Te Quiero.

Clara.

Clara escribía lo que sentía, era tan increíble que si se lo tuviera que contar a cualquiera hubieran dicho que estaba medio loca. Y sólo un físico cuántico hubiera entendido esa sensación de que te tomen por loco. En ese momento no sabía, o no había leído mucho acerca de la física cuántica, de la energía de los cuerpos, de la posibilidad de estar en dos lugares al mismo tiempo. Claro, sonaba tan loco, como dicen los científicos que se tildan de locos en algunos aspectos, tomando con humor todo lo que pasa por la cabeza, lo que el conocimiento ha puesto frente a sí mismos.

Para ellos es muy fácil comprender la posibilidad de que alguien pueda experimentar la sensación de estar junto a otra persona aunque estén en lugares distantes.

Si somos energía, si pertenecemos a éste Universo, si formamos parte de él, somos todos un pedacito de él, entonces estamos comunicados. Tenemos la posibilidad de conectarnos. Y eso es lo que Clara y Daniel sentían. Eso que los mantuvo unidos durante tanto tiempo. Increíblemente unidos estando uno en el Polo Norte y otro en el Polo Sur. Eso que hizo que se pensaran el uno al otro generando que el deseo se tornara en realidad.

SE ACERCA EL DÍA

¡Hola Diosa !

¡Qué bueno que te gustaron mis beesoossss! ¿Y mis mordiscos?
¿Qué te parece vernos tipo el diecinueve o veinte de Septiembre? Tenemos que ver cómo hacer.
Te voy a buscar a tu casa o ¿nos encontramos en algún lugar? A Ezeiza va a ir uno de mis hermanos que viven en Baires y seria mucha emoción. Yo creo que llego el dieciocho y me quedo hasta el diez de Octubre, andá pensando y me contás, entre medio tengo que ir a Bahía Blanca pero eso sería máximo dos días entre esa fecha. Nadie sabe que nos estamos escribiendo todavía, la única que sabe que voy a viajar sos vos. Pensate algo y voy a ver tu vestido y abrazarte y... ¿Cómo vamos a hacer.?
Hoy voy a sacar el pasaje. El lunes te cuento como me fue.
TE AMO, Daniel.

Y Clara responde...

Hi Love,

Te espero con todo mi Amor, ¿es verdad que vas a venir? ¡Casi ni puedo creerlo!
Cuando estemos en casa te voy a mimar y te voy a despertar con lo que más te guste, ¿qué tomas?, ¿café?, ¿té?

¿Te gustan las tostadas con manteca y dulce? Tengo dulce casero de ciruelas que preparé yo.
¿Cuántas cucharaditas de azúcar le pones al café?
Tuya, Clara.

EL VIAJE

Hola diosa... mmm... desayuno con tostadas y dulce de ciruelas y Clara a mi lado mmmhhh... no lo puedo creer... qué locura...
Llego el 25 es sábado, qué te parece el domingo veintiséis tipo, no sé... la hora decidila vos 5 o 6 pm, o más tarde. Te paso a buscar y salimos, después a cenar y... vemos como se da el resto, no sé que te parece. Pensá que no me acuerdo mucho de los lugares y no tengo idea de un buen lugar.
Estoy en tus manos en todo sentido, planeate algo a tu gusto que seguro me va a gustar también. Me quedo hasta el 14 de Octubre. Después tengo que volver para ir a la consulta médica que me exige el trabajo. Cuidate, te amo.

Hola Daniel,

Mirá... yo no se como decir en palabras la emoción que siento que vengas... yo te escribí no hace todavía dos meses y tan corto tiempo fue suficiente para borrar 17 años de ausencia... y fue suficiente también para que vos desearas venir y yo deseara tenerte a mi lado tanto como vos. A veces me parece que estoy viviendo un sueño... En el trabajo me preguntan qué me pasa que estoy tan radiante... —y ya hoy perdí mis llaves cosa que nunca me suele pasar porque soy súper organizada—, pero... claro... Hoy recibí una noticia... estaba un poco distraída.

Te tengo conmigo todo el tiempo... Te tengo en mis pensamientos... y te siento en mi piel. Creo que cuando vengas –es decir, estoy segura– de que tendré muchas ganas de abrazarte en el momento que te vea, por eso me gustaría que nos encontremos en algún lugar, ya que si venís a casa a buscarme yo no voy a poder ser espontánea con todo el vecindario de testigo y siempre cabe la posibilidad de que alguien justo llegue en ese momento –no sé, los chicos, mis viejos–, en fin yo quisiera que ese momento tan especial fuera solamente nuestro que no sea interrumpido por nada... Si estamos en la calle o en un café y hay mil testigos... ¡qué importa! Después, obvio que vas a venir a mi casa, ya arreglaremos a medida que estemos juntos... Por ahí podemos buscar un lugar que sea fácil para vos tipo un lugar que se llama "The Coffee Store" que queda en la esquina de Villate y Maipú justo frente a la quinta presidencial, ¿te acordás más o menos? Contame que opinás y se hará lo que el Dragón disponga. Yo también estoy en tus manos... en todo sentido.

Bueno mi bombón te cuento que el vestido es muy simple... con caída al cuerpo... tan solo "el envase"... es sólo que cuando lo compré estaba pensando en vos y quise guardarlo solamente para vos.

Ok Amor... te mando todos mis besos
Clara.

Daniel lee esta última carta de Clara. Relee lo que ella le escribe y no puede salir de su asombro. ¿Será que el destino les está dando ciertas señales que corroboran que ellos deben estar juntos? ¿Qué es quizás este el tiempo para ellos?

Ella escribe: "Podemos buscar un lugar que sea fácil para vos" –pensando en lo que él le dijo que no se acuerda mucho después de diecisiete años. Entonces Clara decide que la esquina de Villate y Maipú es un lugar fácil de ubicar para él ya que de soltero él vivía en Martínez, relativamente cerca de la quinta presidencial y este bar estaba en esa esquina.

Daniel piensa... "esto me va a dar escalofríos, ella quiere que nos encontremos en Villate y Maipú y desde esa esquina es desde donde yo la ví antes de irme cuando murió su abuela. Yo estaba parado en esa esquina mirándola ¡y ella no lo sabía! Y esa fue la última imagen que tuve de ella antes de venir a Suecia".

¿Cómo pudo Clara elegir ese lugar sin saber eso?

¿Por qué se dieron esas coincidencias?

Son coincidencias o son mensajes premonitorios, mensajes de las almas, mensajes de otras dimensiones que pretenden advertirnos que algunos acontecimientos son o deben ser así. Que debemos tener confianza, fe.

Que no debemos perder nunca la esperanza de encontrarnos con nuestra alma gemela. ¡Que existe! Que algunos pocos tenemos la suerte de encontrarla en esta vida. Que no debemos dejarla ir.

Ambos continúan escribiéndose hasta que llega el día tan esperado. Daniel la llama para decirle que había llegado bien y que se había encontrado con su hermano en el aeropuerto después de tantos años. Vivir ese momento de emoción tan aguda, más volver a su tierra, más tantos recuerdos lo tenían un poco nervioso, susceptible. Todavía faltaba encontrarse con la mujer de su vida. Esa noche no paró de charlar con su hermano hasta que cayó dormido rendido, dispuesto a descansar después de tolerar tantas horas de vuelo, para poder encontrarse con Clara al otro día a la tardecita.

Es domingo, la llama por teléfono y cambian de esquina, quedan en encontrarse en San Martín y Maipú. Ella está nerviosa, llama y toma un remise que la lleva hasta el lugar pero decide alejarse hasta la esquina siguiente. Paga, se baja y cruza la calle, comienza a caminar en dirección a la esquina donde él estará esperándola. Al principio no lo ve. Mientras avanza serena se da cuenta que está parado mirando hacia varias direcciones buscándola. De pronto, se ven. Clara intenta simular que no pasa nada, pero su cuerpo da manifestaciones de una emoción discontinuada que yace solapada bajo el vestido del que parece que fluyen mariposas como si hubieran estado estampadas en él y cobraran vida remontando vuelo delicadamente.

A ella todavía le faltan unos metros para llegar a su lado. Él está igual de emocionado.

Él se va acercando, convincente y apenas se ven de cerca ambos sonríen y se abrazan de manera tal que todo el espacio vacío y el tiempo transcurrido se desvanecen como si nunca hubieran estado separados.

¡Qué abrazo! Por fin pudieron abrazarse lento y fuerte al mismo tiempo... largo y deseado. Él no puede creer sentir el contacto de su cuerpo tan cerca. Tan cálido, tan fuerte y acogedor... Ella percibe su masculinidad al sólo estrechar sus hombros y se deja sumergir en sus brazos deleitándose con el contacto toxicológico del roce de su cara y su cuello tan cerca de su piel. Esta era la primera vez que estaban tan cerca físicamente.

Instintivamente ambos buscan sus bocas en ese beso tan deseado, indispensable, ese beso que debió ocurrir cuando eran chicos y que pudieron entregarse recién a los cuarenta años.

¡Qué locura! El no puede creer que esta besando a su Clara. A la vez, el mundo gira y todo lo que tiene lugar a su alrededor parece formar parte de una película en la cual la calle se encuentra bañada de gente que surge y se desvanece ante ellos sin que lo perciban. Ella siente la atracción, el deseo y el amor que los circunda mientras disfrutan de su primer beso. Las bocas húmedas, los labios de él firmes y decididos sustentan calor fundiéndose en los tiernos y carnosos labios de ella que le entrega cada uno de sus días en ese beso que ambos sutilmente, a escondidas, esperaban desde el día en que él fue a tomar la primera clase. Se separan un poco, se miran a los ojos, él le corre un mechón de pelo de la cara con delicadeza y ambos se sonríen, en una forma que sólo ellos dos entienden. Calmada, plena.

–¡Viniste mi amor!
–Te amo hermosa. Estás más linda de lo que me imaginé.
–¡Vos estás igual!
–Tengo un poco de panza, estoy viejito...
–Estás buenmocísimo.
–¿Qué planeaste, diosa? Yo no me acuerdo de nada, ya me voy a ir acostumbrando.
–Reservé mesa en un restaurante francés en San Isidro para la noche, y si te parece primero nos podemos ir a tomar un café a John Bull en avenida del Libertador así podemos charlar tranquilos, ¿estás de acuerdo?
–Lo que mi diosa disponga...
Juntos, extasiados, asombrados... pero como si se hubieran visto el mes anterior, gozan de su compañía como cuando eran chicos y él tomaba las clases de inglés. Esa unión, ese vínculo que abundaba en largas charlas, permanecía intacto.
Así es como pasan dos horas conversando en el café, él le regala un set de perfumes de Dior y ella le da la bufanda que le había tejido mientras lo estaba esperando desde el momento en que él le dijo que vendría.

Llegada la hora de la cena se van al restaurante y continúan su charla cómodos, hablaron de la carta, del casamiento, del viaje, de su llegada a Suecia, de los hijos. De sus ex parejas sólo un poco. Se abrieron con sinceridad y serenidad, como solían hacerlo.

En un momento él le dice... tengo que contarte algo pero no sé si me lo vas a creer. Es así como le relata lo sucedido acerca de la propuesta que el lugar de encuentro fuera Villate y Maipú. Ella no lo puede creer y le pregunta por qué no fue a saludarla. Ella recuerda haber estado en la puerta de la casa de velatorios cuando murió su abuela –la *Nonna*–. La casa de sepelios quedaba justo enfrente a la quinta presidencial de Olivos. Casi en la esquina de Villate y Maipú. Él le cuenta que estaba muy dolido y que no podía soportar verla con otro y que como la amaba tanto pensó que lo mejor era dejarla ser feliz. Y que ese día había sido desde allí la última vez que la había visto. "Y vos elegiste ese lugar para encontrarnos", repitió Daniel.

–Es cierto –dijo Clara–, yo elegí ese lugar sin saberlo del mismo modo que vos elegiste la canción sin saber la premonición que cargaba la letra.

–¿Te cuento otra?

–Sí claro –dijo ella sin dejar de mirarlo mientras hablaba.

–Más o menos tres o cuatro días después de que vos me escribieras por primera vez. Estaba yo con mi vieja en su departamento en Estocolmo mirando una película. La película trataba de una pareja que se reencontraba después de muchos años sin verse. De pronto, mi vieja me dice: "Viste hijo que no hay que perder las esperanzas". Y yo pensé: "Y ahora... ¿qué le pasa a la vieja que se descuelga con esto?" Y ella continúa: "Decime, Daniel... ¿qué es de la vida de esa chica... tu profesora de inglés..? ¿Cómo se llamaba..?

"¡Yo me quedé helado!"

–Y vos acababas de escribirme ¡después de diecisiete años!

–¡Es cosa de brujas!

–¡Nooo..! ¡No lo puedo creer!

–Es algo que... no sé –dice Clara–. Y ¿cómo es que tu mamá se acordó de mí, si ni siquiera me conocía? ¿Si tan solo habremos hablado por teléfono cuando venías a clases una o dos veces? Debe ser que ella sabía o intuía como madre que vos me amabas.

"Pero lo extraño es que nunca hayan hablado ustedes de nosotros dos y que ella se acordara de mí en ese momento en que veían una película de un reencuentro amoroso... es como premonitorio".

Él se la queda mirando, suspendido, mientras ella habla. De pronto le dice...

–Sí mi Diosa... ¡qué linda que sos..! ¿nos vamos?

–Sí, claro.

Doce y media de la noche. Ambos llegan a casa de Clara. Un silencio expectante invade el ambiente que ya está cargado de amor, de deseo. Juntos recorren la planta baja de la casa mientras ella le muestra los ambientes y pone una pava al fuego para preparar un café que, en realidad ninguno de los dos desea tomar. Tomándola de la mano él se aproxima a su cuerpo y comienza a empujarla suavemente, a guiarla retrocediendo, haciéndola caminar dando pasos hacia atrás hasta dejarla de espaldas a la mesada de la cocina y comienza a besarla permitiendo a su amor hacer erupción como el magma candente de un volcán al mismo tiempo que la toma de la cintura. Ella lo abraza y devuelve ese beso ardiente que fluye por su cuerpo en una mezcla de pasión, de deseo contenido que la hace estremecer a la par de él que ya está disfrutando a escala semiconsciente de la exuberante boca de su Clara, de acariciar su candente cuerpo, de moldear sus formas y adaptar sus manos a sus curvas buscando su feminidad, deleitándose acariciándola con su boca y sus manos como nunca había podido hacerlo. Apartados del mundo real, sujetos a la magia del reencuentro, casi sin poder creer lo que les sucede sólo retornan a un estado consciente después de unos minutos cuando el tintineo de la tapa de la pava saltando rítmicamente suena en sus oídos al tiempo que el vapor del agua emana rápido y voluptuoso por el angosto orificio del pico.

Sonríen, se miran, se escucha: "¡Alguien tiene que apagar la pava..!"

Clara sirve el café en el living, ambos lo prueban pero la mitad de las tazas quedan aun llenas cuando deciden ir arriba.

Tomar un café era una formalidad ya que los dos sabían que esa noche estarían juntos después de diecisiete años separados, que a pesar de que habían compartido juntos unas cinco horas, cenando y conversando parecía que el tiempo no había transcurrido y ambos sentían como si hubieran pasado tan solo dos meses separados, era algo muy extraño.

En la habitación él le quitó el vestido que atrapaba su cuerpo y se deleitó mirando sus formas reflejadas en el espejo mientras sus manos recorrían, reconocían sus curvas... Se amaron, se entregaron, se abastecieron de todo lo que habían guardado, cuidadosamente atesorado dentro de sus almas y lo volcaron a sus cuerpos en un ritual lento y candente que duró toda la noche. Ella se rindió ante su masculinidad y él la dejó liberar una sobredosis de Amor humectante indagando en sus sentimientos y en su piel hasta las seis de la mañana cuando el cansancio los agotó y se durmieron, sus bocas tatuadas en cada rincón de sus cuerpos, abrazados en la plenitud de su AMOR.

A partir de allí Daniel alternaría sus días entre Clara y visitar a sus hermanos, familia y amigos. Una noche él le contaría a Clara como había sido su encuentro con su gran amigo Omar. Sin que Omar supiera nada fue una tarde hasta su casa y tocó el timbre. Omar abrió la ventana de la puerta de calle. La puerta era pesada de madera oscura de esas puertas antiguas recicladas.

–¿Sí..? –dijo Omar

–Hola... buenas tardes... –respondió Daniel.

–Buenas tardes –contestó Omar–. ¿En qué lo puedo ayudar? –preguntó.

Daniel estaba disfrutando del momento de ver a su amigo y que no lo reconociera inmediatamente... y continuó...

–¿Esta es la casa del señor Omar Darcy?

–Si soy yo...

–"Si soy yo"... digo yo... ¿ya te olvidaste de mí?

Omar abre la puerta, lo mira y...

–¡Nooo! ¡No puede ser..! ¡Hijo de puta! ¿Cómo me haces estooo hermanooo?

Omar sale a la vereda. Se abrazan fuerte en un apretón sentido. Se separan un poco... Omar lo mira, lo vuelve a abrazar... no puede creer tenerlo delante. ¡Hace diecisiete años que no ve a su amigo!

–Pero... ¿vos me querés matar de un paro cardíaco? ¿Cómo te apareces así..? Vení, loco, entrá –Ambos están sonrientes. Omar dice en voz alta y fuerte–: ¡Marcela..! ¡Vení..! ¡Mirá quién está acá..!

Otra noche Clara escuchó un relato parecido de aquella vez cuando Daniel se apareció en el bar en el que trabajaba su primo y se puso a hablar con él sentado en la barra hasta que después de un rato comenzaron los abrazos, los asombros. El reencuentro.

Fueron momentos inolvidables e inmensamente gratos que quedarán en su recuerdo para disfrutarlos por siempre.

Y llegaría el día en que Daniel tuviera que irse.

Desde ese momento sus vidas iban a cambiar, cada día que pasaron juntos fue un deleite hasta que llegó el momento en que tuvieron que decirse adiós ya que él debía volver a Suecia. Él le prometió volver.

–¿Sabés una cosa? –dijo Clara

–¿Qué, hermosa..?

–No tenemos que llorar... tenemos que ser fuertes y estas últimas horas que estamos juntos antes de que te vayas debemos disfrutarlas pensando en que nos den fuerzas para la espera al próximo reencuentro...

Silencio. Ambos están en la cama abrazados mirándose a los ojos de cerca. Él le acaricia el cabello mientras la mira y la escucha en silencio. Ella lo mira hondo en los ojos intentando grabar en su mente esa mirada que evidenciaba exceso de sentimiento...

–Claro... vamos a ser fuertes los dos... yo sé que cuento con vos... tengo muchas cosas que resolver pero yo voy a volver... no tengas dudas.

–Te amo tanto mi amor... –dijo Clara con emoción

Él clavó sus ojos en su alma y le dijo en voz muy baja, suave, casi analgésica:

"Hace 26 años que te amo y nunca me olvidé de vos en todo ese tiempo, yo voy a volver con vos".

Capítulo Cinco

El dragón, la tigresa, el ángel

Daniel se había ido, Clara estaba llena de placer y triste a la vez porque volvían a estar separados. Esto no iba a ser fácil... ¿cómo iban a hacer para estar juntos? Cómo podían cambiar de lugar, estaban los hijos de por medio.¿Cómo iban a hacer? Esto los desesperaba un poco pero la fuerza del amor los empujaba a seguir, como dice la frase, "contra viento y marea" como si tuvieran que cruzar el Atlántico a nado.

Ellos se centraban en pensar solamente el uno en el otro, pero esto no era algo planeado; era algo que sucedía espontáneamente. Cada día, todo el tiempo, sin proponérselo él estaba pensando en ella y ella en él. Lo que podían ir percibiendo era que había ciertas señales que se manifestaban de diferentes maneras en momentos precisos que les reconfirmaban la presencia del otro. Esas señales aparecían en forma de mensajes en la radio o el televisor, en un afiche callejero, en una revista, en un libro, en un comentario de alguna persona. De pronto él la llamaba y le decía: "¿Sabes qué me pasó hoy? Estaba en una librería buscando un libro y tomé uno al azar, lo abrí como por la mitad para hojearlo y en la página que se abre estaba escrito tu nombre... leo Clara... ¡No lo podía creer!"

Y comenzaron las llamadas y las cartas de nuevo...

Hola Guapa:

Te cuento diosa que anoche soñé con vos, me hizo bien hablar con vos, tuve un sueño lleno de amor y besos, soñé con todos los besos que me diste y con los que yo te di, fue un sueño de esos tan reales que cuando me desperté estaba seguro que te había amado y besado, te había hecho de todo hasta que me decías esa frase que me encanta –que es sólo de nosotros dos–. ¡Qué sueño! Desperté re-contento, pero me di cuenta que era un sueño y ahí "ya" no me gusto tanto por no poder abrazarte y volverme a dormir... *nunca estuve con alguien tan cerca a pesar de la distancia* ¿me entendés..? Amo todo de vos tus ojos, tu corazón, tu pelo, tu sonrisa, tu mirada, tu piel, tus cejas, tus piernas, tu cola, tu corpiño, tu número de zapatos... *todo* te quiero tal cual sos; conmigo tienes que ser como eres y quiero que seas Clara, que seas todo lo que sientas, quiero sobre todo, que conmigo te sientas bien, yo siento y quiero hacerte bien, un bien en el cual te sientas cómoda, libre; en el cual tu puedas crecer como persona y yo a tu lado para apoyarte y verte que seas feliz, quiero para vos y haré todo lo que pueda a pesar de esta distancia provisoria, para que te sientas segura de que el amor que por vos siento es el amor más verdadero que existe. Quiero aprender a amarte, a conocerte porque nuestras almas, lo que más necesitan es ese amor, que los dos, sólo vos y yo podemos día a día alimentar y no dejar que nunca se apague *que sin saberlo lo hemos hecho durante todos estos años que a pesar de no haber estado juntos como pareja, estuvimos más juntos que nadie y eso es algo que ni vos ni yo vamos a poder olvidar y tengo fe en ambos que a pesar de todo lo difícil que va ser YO SIEMPRE VOY A ESTAR A TU LADO. Mi alma unida a mi corazón, que están llenos de vos, son los que harán que esto sea para siempre... y, que*

eso que te puse Today or Tomorrow *va a hacer que* Tomorrow *se convierta en* For ever with you *my Clara.*
Te *Amo, amo... AMO.*
Tu AMOR... ... loco por vos, mi diosa Clara.

Y Clara respondió...

AMOR, ya nunca buscaremos porque ya estamos unidos para siempre, es decir SIEMPRE lo estuvimos así que ya nada ni nadie podrá separarnos porque de alguna manera estamos *más* que unidos, yo quiero que sepas que siento algo re lindo que se convierte en una sensación placentera y que es sentirte a mi lado todo el tiempo. Cuando te digo que te llevo conmigo a todos lados es que sin darme cuenta estoy pensando en vos todo el tiempo. Hoy por ejemplo di clases a la mañana temprano en casa y después me dediqué a leer tranquila en el sillón del living... algo que no puedo hacer seguido o por lo menos sin el apuro de tener que ir a trabajar... y mientras leía "almas gemelas", yo sentía como que estabas sentado al lado mío... (te lo juro por Dios –no sé como explicarlo pero eso siento)– es como eso que pusiste que nunca te sentiste tan cerca de alguien a pesar de la distancia–deben ser las ganas que siento de compartir con vos o los años que no estuvimos juntos... que me provocan pensar en darte todo lo que no pude hasta ahora... que siento que quiero que seas feliz, que quiero hacerte bien. Y es por eso como vos decís por nosotros que tenemos que ser fuertes y que sin dudas lo vamos a lograr. Y hacer las cosas bien, sobre todo por nuestros hijos ya que no estamos solos... contá conmigo, sabé que yo te espero, y que sos mi dueño absoluto.
A ver amorcito, bomboncito... ¿te acordás cuando fuimos al departamento? Cualquier cosa está bien para no-

sotros no? Hasta una cama chiquita, no cholo? ¿Cómo era? Mira el pelado... ¿quien diría? Tenés que decirle a tu amigo el que es médico –¿Ramiro?–, ése a quien le contaste allá en Suecia... que fui al oculista y que me dijo que tengo un problema extraño... poco común, y es que además de ver lo que todos ven, puedo ver el interior de las personas y cuando te ví quedé locamente enamorada no sólo de lo lindo que sos sino de lo que transparenta tu alma y que eso no lo ví ni lo veré jamás en nadie más. Te mando un beso de esos... ... TE AMO.
Clara.

Hoola,
Qué palabras tan lindas... me vas a hacer llorar de la emoción... Sos divina, sos una verdadera DIOSA, DIOSA DEL AMOR, sos la única persona que me ha hecho sentir tan bien desde la primera lección de ingles a los dieciséis años y lo seguís haciendo a los cuarenta y uno, qué locura Te AMO con locura, sos todo para mi, te cuento que lo que me contás de que sentís que estoy a tu lado a mi me paso varias veces ¡qué loco..! Una noche me desperté estando soñando con vos y te sentí abrazándome *fue super real* que me dio un poco de cosa así... como escalofrío... no sé, difícil de explicar... Te AMO con locura, pero de la locura linda ese amor sincero y con confianza, sin celos tontos, me explico? "ya".

Te adoro
Tu siempre Daniel.

Te Quiero... por si no te habías dado cuenta
Pensaba en algo que me habían dicho hace tiempo: Te pueden sacar todo lo que tengas material y te pueden sa-

car el cuerpo pero nunca a la persona que llevas en tu corazón y en la que piensas. NADIE podrá ocupar el lugar que tienes en mi corazón.
Daniel.

Y dicen que el poder de la mente es incalculable, que lo que piensas se hace realidad si realmente crees en ello y Daniel lo estaba diciendo. Daniel había pensado en Clara cada día de su vida en Suecia, lo hizo sistemáticamente y ahora se le había cumplido un sueño. Parecía que eso que ella sentía era recíproco, él también le confirmaba haber sentido su presencia. ¿Podía ser que sus almas estuvieran unidas? ¿Unidas de tal forma que no había espacio ni distancia que hubiera podido separarlas? Que lo que deseaban finalmente pudiera hacerse realidad. Pero debían hacer algo para poder estar juntos a partir de ahora. ¿Debían hacer algo, o tan solo emitir una señal al universo pidiéndole que se cumplieran de alguna manera sus sueños Debían tener fe en que lo que sucedió en sus vidas era por alguna razón ahora incomprensible pero que del mismo modo en el que, después de tanto tiempo, habían llegado a reencontrarse, de la misma manera había un destino, un tiempo, un espacio para ellos dos. Sólo tenían que confiar, no dudar. De alguna manera el Universo ya les había demostrado que podían cumplirse los sueños por más difíciles que parezcan. Que nada es imposible, que los milagros existen.

Clara percibía en cada carta el amor que emanaba de Daniel y respondía con su corazón a sus frases disfrutando ambos del milagro de haberse reencontrado.

"Hola, te mando besos y mandame un: '¡Hola..! Te extraño mucho quiero verte... abrazarte y... estar con vos'. Mirarte, escucharte... qué es lo que me pasa estaré enamorado será por eso que te veo por todos lados y todo lo que veo me hace acordar a vos... ¿sentís mi alma junto a la tuya..?" Escribió Daniel.

"Claro que siento mi alma junto a la tuya" es lo que Clara le hubiera contestado. Ella sentía esa sensación de la presencia de él del mismo modo que él le explicaba que soñaba con ella y se despertaba sintiéndola acariciarlo. Esto era realmente extraño y conmovedor ya que si uno se lo contaba a alguien lo más probable era que te miraran con cara de lástima o de pensar... "es obvio está tan enamorado que cree que lo acaricia..." El no creía nada. Ella tampoco creía nada.. Empezaban a creer que *podía ser posible* desde ahora, que lo habían experimentado. *Era ahora que Clara comenzaba a plantearse la posibilidad de creer en la comunicación de dos personas que mantienen un vínculo tan poderoso que se habían aferrado el uno al otro en el tiempo y en el espacio.*

Un espacio más allá del que conocemos como lugar físico. Un espacio vincular que mantiene unidas a las almas gemelas aunque se encuentren en planos separados respecto de lo físico.

De este modo ambos iban alimentando sus almas de ese amor eterno, guardado en una *cajita*, o *en el fondo del corazón*.

Y Clara se preguntaba, a medida que pensaba en cómo habían ocurrido las cosas, qué era eso que la había impulsado a buscar la dirección de correo de Daniel. Necesitaba que alguien le explicara de alguna manera qué había sucedido. Lo primero que pensó era en averiguar si había una forma de saber si esto que ella presentía podía en realidad suceder. ¿Podía ser posible recibir un mensaje del más allá? *¿Cabía la posibilidad de sentir la presencia de alguien a tu lado si físicamente esta persona se encontraba a diecisiete mil kilómetros de distancia?* Aunque hubiera estado a dos kilómetros, tan solo eso hubiera sido suficiente para que cualquiera pensara que era una locura... pero como a ella le había sucedido ahora sabía que podía pasar.

De este modo fue que un día encontró, mirando libros en una librería, uno que hablaba de los ángeles. Un libro de una autora Inglesa llamada Diana Cooper "Vislumbrando a los Ángeles"*.

En él decía que: "los ángeles son seres espirituales superiores. La mayoría de los humanos son espíritus de menor evolución que están en un cuerpo físico para vivir esta experiencia en la Tierra y que todo y todos estamos hechos de vibraciones. Cuanto más densa la vibración, más denso el objeto, por eso se pueden ver y tocar las sillas, las mesas y los humanos. Los ángeles están en un nivel mucho más elevado que nosotros. Entre ellos hay algunos que se dedican a la sanación, otros a la paz y otros a proporcionar el amor.

"El hecho de que nos hallemos en presencia de los ángeles abre las puertas de nuestra conciencia hacia posibilidades aún mayores y más elevadas. Y se encuentran entre nosotros, ahora más que en cualquier otro período histórico. Es que el planeta Tierra ha llegado a un punto crítico. Hemos saqueado nuestro planeta y lo hemos rodeado con una fuerza negativa casi impenetrable. El creador ha decretado que esto no puede continuar. No nos van a permitir que destruyamos esta hermosa Tierra, porque provocaría un desequilibrio en el Universo.

"Lo más frecuente es que los ángeles sean invisibles para nosotros, porque vibran en un nivel más allá del campo visual humano. A veces podemos elevar suficientemente nuestra conciencia para verlos... Por lo general, sencillamente sentimos su presencia y el impulso de la energía que proviene de algún lado para ayudarnos...

Cuando los ángeles visitan a los humanos, estos registran una abrumadora sensación de amor y paz. *Los ángeles vienen para tranquilizarnos y darnos el impulso para avanzar.*"*

Esto que Clara leía era más que suficiente para aclarar un poco lo que le había ocurrido... entonces... eso que dicen "vino

---

* Cooper, Diana "Vislumbrando a los Ángeles" Longseller 1999

un ángel del cielo" o que repetimos sin darle importancia ¡es verdad! Es decir, ocurre, le ocurrió a ella y del mismo modo le ocurre a otras personas también, sólo que debemos estar más atentos a las señales. Y que debemos llamarlos para que puedan asistirnos.

Muchas personas ridiculizarán esto por vergüenza o por temor a admitir que pueda ser posible, intentando esconder la vergüenza que sentirían de admitirlo como posible. Esas personas están tan solo tomadas por la marcada tendencia del pensamiento lógico tradicional que es muy valioso, pero que necesita de la estimulación y la gran sabiduría que reside en todo lo que nos conecta al hemisferio derecho de nuestro cerebro. Para poder abrirnos a un mundo más espiritual que tanta falta le hace al hombre actual.

A partir de ahora ella sabría que existe esta posibilidad y que siempre que los llamamos los ángeles recurren a ayudarnos.

Daniel ahora sabía, ya que ella se lo había contado... que había sentido un impulso muy fuerte, *esa energía especial que la había guiado a buscarlo para decirle lo que no había podido decirle nunca antes.* Y se dijeron todo lo que deseaban y continuaron escribiéndose para fomentar ese amor de la manera que podían mientras se encontraran separados por océanos, como decía la canción, pero más unidos que nunca a pesar de la distancia y del tiempo. Y Daniel escribió...

"Tal vez haya un tiempo de silencio... Un tiempo de pocas cartas... no será por no querer escribirte o por no querer escucharte... será por no poder por tratar de hacer las cosas más pensadas y planeadas, pero es tan loco... contradice con el estado en el que estamos, el estado Amor. Ese estado o *esa energía* que no se planea ni se piensa, sólo se siente y es tan fuerte que no nos deja pensar consecuentemente, uno siente y reacciona.

En estos momentos y desde que te conozco siempre pude mostrarme tal cual soy, *sólo vos me conoces*, sólo con vos he podido ser transparente, poder darte todo mi amor sin guardarme nada por si acaso, cosas que alguna vez he hecho por miedo a sufrir, pero con vos es todo muy distinto, es un sueño hecho realidad. Si a la palabra *amor* tengo que buscarle un sinónimo ese sería Clara, sos vos la que después de tanto tiempo de haber estado cubierto de hielo lograste derretirlo desde tu primer mail y desde que te ví en San Martín y Maipú. Ese beso, nuestro primer beso... nunca lo olvidare jamás ni nuestras primeras seis horas o algo así. ¡Qué lindo fue sentir estar dentro tuyo y sentir que te estaba amando como nunca lo había podido hacer! Son momentos que quedarán para siempre grabados en mi corazón y alma y lo que más me hace sentir bien es saber que esa mujer tan guapa llamada Clara no sólo es mi amante sino que es mi alma gemela y que *en el futuro solo espero y sueño que sea mi mujer para el resto de mi vida...*
Te Amo Daniel

HOY Y SIEMPRE.
HOY. Hoy más que nunca te quiero sereno y equilibrado... en realidad, como sos... como yo te veo. Hoy quiero decirte que estaré con vos en *todo* momento... para acariciarte... para acompañarte, para estar a tu lado... como me gusta... como sabemos estar cuando estamos juntos, o sea SIEMPRE.
Hoy deslizaré mis dedos por tu piel, por todo tu cuerpo en una cálida caricia de Amor... que te fortalezca y te plazca. Te AMO, Clara

RE: HOY Y SIEMPRE.
Hoy y SIEMPRE... Tengo tantas cosas para darte, tengo toda mi alma y mi corazón que ya son tuyos, te perte-

nezco, vos sos mi todo, ayer soñé otra vez con vos... un sueño lleno de amor, sentí tu piel, tu cuerpo que se hacía uno junto con el mío.
Te amo,
Daniel.

Hola, ¡cómo te AMO! No dejo de soñar con nuestro re-encuentro.
Te quiero como nunca he querido a alguien y eso es porque *sólo* te quise a *vos* toda *mi vida*.
Daniel.

Clara le describe sus sensaciones y ambos se van dando cuenta poco a poco, de esto que les sucede de sentirse cerca, de sentir la presencia el uno del otro. ¡Claro..! Por eso había sido tan fuerte la unión entre ellos en el cuerpo... es que estaba cargada de todo lo que tenía que ver con el vínculo espiritual que los unía. Todo lo que nace del alma y los plasma en una unidad que, llevado al cuerpo, los hace conectarse al éxtasis que provoca en ambos.

¿Sabés que cada vez que entro al correo, escribo mi dirección y espero unos segundos? Y entonces aparece "Hola Daniel. 0 mensajes" ¡Uh..! pero cuando aparece "Tienes 1 mensaje y un poco más". Me alcanza con que escribas un par de palabras... y a vos, ¿te pasa algo parecido? Anoche tuve una pesadilla... abría o te mandaba mail y tu dirección ya no existía... tu teléfono no se podía comunicar, ¡fue horrible!
Daniel

No sufras mi amor... no pienses cosas negativas porque un amor como éste, que perduró así en el tiempo y a pe-

sar de todo, a pesar de nuestras parejas, a pesar de haber sufrido por estar separados, no muere, no se agota, no cae. *Pensar que como me contaste, cada día de tu vida* durante ese tiempo que te dan para almorzar o descansar al que llaman "fika" *vos pensabas en mi...* pensabas en qué estaría haciendo... si era feliz... *y yo pensaba en vos cada noche...* que sería de tu vida... *¡Esto es increíble..!* ¡Me emociona! No sufras, pensá en cuanto nos amamos, pensá en que *es posible* que alguien te ame *tanto* que *no* desee estar con otra persona. Yo Te Amo.
Clara

100 CARTAS.
Me fije cuantas cartas he recibido de vos mi Reina, son como 100 o más, acabo de leer tu primer carta. ¡Qué emoción! ¡Como cuando la recibí! ¿Sabés que cada tanto la leo..? Es como para darme cuenta de que es verdad y no lo puedo creer, alguien me esta haciendo una joda... es un sueño. Me hace tan bien poder contar con vos, leer tus mails, escuchar tu voz, y me acuerdo cuando estuve en tu casa, que locura que fue todo lo que me hiciste sentir... qué fiera salvaje, sos una diosa del placer, del amor, del sexo de todo, me volvés loco... no puedo dejar de pensar en vos... Esta noche te encuentro en el chat.
Te Amo.
Daniel
Nos vemos en unas 5 horas...

Si mi dios, te espero en el chat así estamos un poco juntitos...
Te Adoro,
Tu Clara.

Así corrían los meses y ellos se amaban con palabras. Al menos ahora tenían la posibilidad de comunicarse por mail o por teléfono y ya habían podido estar juntos en cuerpo y alma. Pensar que se amaron durante años sin siquiera haberse visto ni tocado, sin haber vinculado sus cuerpos ni sus risas ni sus llantos, ni haber podido compartir lo cotidiano, lo rutinario de una vida juntos, las caricias de la mañana de cada día, el desayuno en la cama como mimo al otro, las peleas insignificantes o no... Ahora más que nunca sabían que tenían esa posibilidad más cerca que antes. Ahora estaban seguros de que no querían estar separados. Los dos lo sabían y continuaban.

¡Hej Gudina![*]
¿Cómo está mi Diosa de las miradas llenas de amor y..? Mmm... ¡qué linda que sos me gustas mucho! Y estoy loco por verte, abrazarte mimarte... Por acá las cosas un poco complicadas pero tu dragón sigue con su meta *Clara*. Me entendés ¿no? Soy tuyo 100% y te quiero con locura y tu dragón *cuando se le pone algo en la mente no para*, así que con un poco de paciencia ya va a estar tu dragón al lado tuyo para mimarte y llenarte de Amor hasta que me digas basta quiero dormir...
Te mando un besote y cuidate mucho.
Tu siempre, Daniel.
¿Cómo te lo explico flaca? Me tenés reloco por vos, sos divina, preciosa, linda, guapa, maravillosa, ¿tenés alguna duda, o te lo digo otra vez..? Te amo, te quiero, te adoro, te necesito, sos todo lo que siempre soñé...

[*] "Hola diosa" en sueco.

Continuaban amándose y mimándose con palabras, manteniendo una comunicación fluida y sin rupturas que los ataba de la forma en que ellos deseaban, para poder estar más juntos a pesar de la distancia y uniéndolos como lo habían estado todos los años que habían estado separados.

Daniel se había propuesto volver en cuatro meses pero ese tiempo debió prolongarse un poco más haciendo eterna la espera del reencuentro y así pasaron casi ocho meses hasta que se pudieran volver a ver...

Y Clara escribió:

Esto va a volverme loca... ya no puedo más de lo que te extraño..! Es sumamente difícil estar tan separados... Pero lo extraño, al mismo tiempo, es que los dos estamos re bien, es decir, después de llegar a estar sin vernos más de siete meses, la tortura de la espera se hace eterna y al mismo tiempo nos damos cuenta de que la relación, el vinculo, lo que nos une profundamente es muy fuerte ya que ninguno de los dos afloja. Ambos, deseamos tanto estar juntos que soportamos la separación física porque la unión de las almas es más fuerte.

Lo que nos hace sentir tan bien es la comunicación que tenemos. Y eso no se encuentra en el cuerpo de otro. Sólo te lo da la persona a la que te sentís tan vinculado. Y eso se traslada al cuerpo cuando hacemos el amor.

El teléfono sonó y Clara atendió. Era Daniel que acababa de leer su mail.

—Sí, mi diosa... Es así. Yo siento exactamente eso y no sabes lo que te extraño... yo también me vuelvo loco. Tengo ganas de estar allí ahora mismo... ¿dónde estás?

—Estoy en la cama.

—Mmm... qué rico... ¿me dejás que me meta con vos?

—Claro mi vida... claro que te dejo que te quedes conmigo... cómo te extraño.

De pronto se hace un silencio delicado pero concreto a la vez. Daniel necesita de esos segundos para poder seguir hablando.

Ella esta del otro lado también en silencio. Los segundos que se toman hacen que la espera del sonido de la voz sea calma y despojada de angustia. Ellos saben que se están dando ese momento de silencio porque no alcanzan a expresar con palabras lo que sienten el uno por el otro.

Sin darle tiempo a hablar él continúa:

–Hola guapa...

–Hola bombón...

–¿Sabes que te voy a hacer ahora?

–¡Uyy..! No, no sé...

–Voy a llenar todo tu cuerpo de besos hasta que me pidas por favor que pare. Voy a acariciar tu piel con mis manos recorriendo cada curva de tus formas... Mmm... tu piel... como podes tener una piel tan suave... tiene una textura tan especial... Siempre me atrajo tu piel... Imaginate ahora, que pude deleitarme en ella... Mmm

–Mi amor... a mí también me atrae mucho tu piel. Yo al mismo tiempo que me acaricias deslizo mis dedos por tus hombros... así muy suavecito acercándome a tu cara, acaricio tu barba y voy moviendo los dedos lentamente alejándolos de tu rostro... Entonces, como vos deseás que te siga acariciando, seguís el recorrido de mi mano que se aleja y te va llevando hacia mí hasta guiar tu boca junto a la mía...

–Mmm, cómo me gusta eso... así creando como un imán entre nuestras bocas...

–¿Te gusta..?

–Sí claro mi diosa... seguí contándome...

–Entonces nuestras bocas se unen en un beso apasionado. Como el que nos dimos en San Martín y Maipú...

–Siiií... Mmm... qué rico... y mi lengua recorre tu boca y tus labios... Mmm esa boca que tenés que puede volverme loco así...

–Esa boca es sólo tuya y lo único que desea es estar en contacto con vos mi amor. Estoy tan enamorada de vos... quiero que me cuentes de ese libro que leíste que tenía cuentos de amor...

–¡Ah..! Te gustó la idea...

–Si... me dejaste con la intriga.

–Bueno te voy a contar... no me lo acuerdo exacto pero era algo así...

Y entonces Daniel comienza a relatarle los cuentos que había leído:

El Dragón y la Tigresa van juntos a una fiesta. Él, vestido de traje negro y camisa blanca impecable. La corbata hace resaltar el color de sus ojos... Ella, luce un vestido negro totalmente cerrado hasta el cuello, sin mangas y ajustado al cuerpo, no hay escotes... el vestido sólo deja ver sus piernas de la rodilla para abajo destacando sus pies perfectos que calzan un par de sandalias plateadas. La tela se adhiere a las curvas de su cuerpo tapándolo casi por completo, pero haciéndolo ver sugestivamente insinuante. No hay necesidad de mostrarle nada a nadie... es que ella esta reservando todo para su Dragón.

Ya en la fiesta se mezclan entre la gente... charlan... saludan a amigos y conocidos... de vez en cuando se separan y es entonces cuando se buscan con la mirada... ella camina cerca, en semicírculo, buscándolo con la mirada le guiña un ojo... El responde con una sonrisa mientras continúa hablando pero, por momentos, la sigue con sus ojos verdes capaces de hipnotizarla de AMOR...

Ella... acecha a su presa lenta e insinuante... El comienza a encender su fuego... pone una excusa y sale del circulo de gente donde estaba conversando... le busca un trago y se lo lleva, se acerca y to-mándola de la cintura la aproxima a su cuerpo, la sostiene firme, dominante, le ofrece la bebida y la besa en la mejilla marcando sus labios en su piel... apenas rozándola con la barba... ella acerca sus labios a su oído y le dice con voz sensual: "Cuando me busques y no me veas, es porque te estaré esperando afuera en el jardín... ¿estás de acuerdo..?" A lo que él le responde: "¿Voy a tener que cuidarme?"... y ella le dice... "Sí, tené cuidado porque no sabés lo que puede pasarte ahí afuera".

Se sonríen en complicidad, se miran profundo a los ojos un instante interminable que se prolonga hacia adentro como un agujero negro en el espacio y van a sentarse a la mesa. Cenan. Conversan con los demás invitados y bailan juntos, lento, abrazados... él detiene su mano bajo su cintura en la espalda rozando el comienzo de sus glúteos... ella deja un brazo suelto colgando a su costado mientras percibe la otra mano de él calzada en su cintura y es entonces cuando en forma delicada y sensual enreda los dedos de su otra mano en su pelo a la altura de la nuca, sus rostros cercanos, sus cabezas reclinadas una sobre la otra... transcurren así unos momentos de éxtasis y de pronto ella se separa y danza su cuerpo sensualmente frente a sus ojos variando con lentitud los movimientos de frente y de espaldas a él que la observa disfrutando del amor que la tigresa le entrega con cada provocación... muchos mueren de envidia porque ellos no pueden disimular lo mucho que se aman y entonces su baile se transforma en un atractivo erótico para quienes lo ven...

Vuelven a la mesa y ella se retira en un momento en el que él no se da cuenta... Es entonces cuando él la busca... No la encuentra. Y, en consecuencia, se dirige hacia los jardines del lugar...

Afuera hay un parque enorme con lomadas y barrancas lleno de rincones plagados de arbustos y árboles como en un bosquecito...

La ve parada en las escalinatas del edificio... baja rápidamente para alcanzarla. La toma. La aproxima a su cuerpo. Busca su boca y la besa... ambos funden sus bocas en un beso profundo buscándose hasta el alma... nadando en un contacto dulce y erótico... Luego caminan juntos por el parque hasta llegar a un rincón leja-

no... rodeado de árboles y matas de arbustos de manera que una vez juntos allí dentro nadie puede verlos... Mmmm ¿Qué tendrán pensado hacer..? Allí comienzan un ritual de besos y caricias que...

–¿Te gusta mi Diosa?
–Por favor... seguime contando...
Daniel continúa su relato y se quedan conversando más de una hora por teléfono hasta que al término se despiden hasta el día siguiente como si estuvieran uno al lado del otro en la misma cama.
–¿Me vas a contar más otro día..?
–Por supuesto guapa.
–Hasta mañana mi amor...
–Hasta mañana guapísima... que duermas bien.

Las teclas del piano transmiten poderosas vibraciones cargadas de mensajes. El aire se impregna de fuerza y el ritmo se acrecienta. "Angelfire"[*], la canción favorita de Clara del tecladista norteamericano Josiah Barlow, suena poderosa y delicada a la vez, enmarcando su pensamiento.

"Lo que era increíble era que a pesar de estar tan lejos, *tan separados...* ellos se sentían *tan cerca, tan unidos.* Era la comunicación que tenían, en todo orden, lo que los mantenía unidos. Era el hecho de haberse pensado durante tanto tiempo lo que los había mantenido unidos antes, aún cuando no sabían el uno del otro. Aún cuando no se hablaban por teléfono, aún cuando no se escribían. Eso que los mantendría unidos siempre y a pesar de todo y mucho más a partir de ahora que ya habían experimentado la vibrante emoción de compartir toda esa comunicación en cuerpo y alma".

[*]Barlow, Josiah "Angelfire" del álbum "Power, Passion, Expression" 2005
www.josiahbarlow.com

CAPÍTULO SEIS

SAN NICOLÁS

¡Sí! ¡Llegó el tiempo de volver a verse..! Sí, por fin después de ocho meses podrían estar juntos de nuevo. Y se pusieron de acuerdo para encontrarse de nuevo...

—Hola mi diosa, ¿Cómo está la mujer más guapa de la Argentina..? Bueno... me corrijo "del mundo"...

—Dale, no mientas, que a todas les decís lo mismo...

—Si... acá tengo dos rubias que se lo creen bastante bien... ¡Ja ja!

—No jodas... mirá que hay veces que uno dice cosas en joda y terminan siendo re-reales.

—Ah... ¿sí? ¿Y cómo es eso?

—Te cuento... resulta que mi viejo tenía un compañero de trabajo en la oficina que todos los sábados después de comer se iba de la casa con una excusa y al salir le decía a la mujer: "Chau... me voy a lo de la negra"... y se reía... y su esposa lo saludaba con una sonrisa y le decía: "Bueno que te diviertas"... ja ja... y así se hacían ese "chiste".

—¿Me seguís?

—Si te escucho, divina...

—Bueno... así se repetía la historia sábado tras sábado durante años. Hasta que un buen día la mujer de su amigo recibió un llamado telefónico... Adiviná quién era...

Era "la Negra" que la llamaba para comunicarle que su marido había muerto.

–¡Noo..!

–¡Sí..! Al tipo le había dado un paro cardíaco en casa de "la Negra"... ¿podés creer?

–Parece que le salió mal al flaco, yo voy a tener que cuidarme... ¡Ja ja!

No, fuera de broma... pobre mujer que fea forma de enterarse de tanta mentira.

–Si... yo me quedo tranquila porque ahora ya se que estas con dos suecas rubias una de cada lado... ¿no..? ¡Ja ja!

–Si... y tengo otras dos noruegas esperando en la puerta...

–Bueno mi Dios, si no les quito tiempo a las chicas... ¿me decís cuándo llegas?

–Sí, divina. Para eso te llamo mi amor. El jueves de la semana que viene estoy ahí. Ya arreglé con Gerardo que me va a buscar al aeropuerto... me voy al departamento a dormir un poco así recupero fuerzas para mi Diosa porque me mata el cambio de horario en el viaje y nos encontramos el jueves a la tardecita ¿en San Martín y Maipú..?

–Me encanta mi cielo es re-romántico. Claro que quiero encontrarme de nuevo con vos en esa esquina... es como rememorar el día en que nos vimos por primera vez... que nos dimos nuestro primer beso... ¡Mmm..!

–¡Ay... hermosa! Estoy loco por verte. ¡Esa boca que tenés..!

–Te está esperando, mi amor...

Volver a verse fue rememorar el reencuentro anterior en la misma esquina. Cuantas veces, de chicos habrán pasado por esa esquina sin saber el significado que tendría algún día en sus vidas. Cuantas personas pasarán, transitarán lugares que luego se tornarán en espacios de convergencia en sus vidas...

Verse nuevamente cargaba el deseo, la esperanza, la confirmación, la sensualidad, la perseverancia, la fuerza, la entrega, el Poder del Amor.

Y se repitió la historia como ocho meses atrás, lo único que esta vez saltearon el café y la cena, hablar, ya habían hablado. Ahora el alimento era el cuerpo, necesitaban alimentarse el uno del otro para equiparar todo lo que habían alimentado sus almas en la agonía de la espera por el ser amado.

En esta segunda vuelta tuvieron más tiempo para ellos, él ya no tenía que visitar a tanta gente como la primera vez, de hecho, lo hizo de todos modos, pero no con la premura, la ansiedad, la carga de los años ausentes, las emociones... La emoción si lo invadió cuando volvió a la tumba de su padre después de dieciocho años. Pero a la vez lo fortaleció a pesar de que ya era un hombre muy fuerte y decidido.

El amor por Clara lo había hecho volver a sus raíces, a su pasado, a sus amigos, a su tierra a sus hermanos en Argentina. Pero sobre todo a ahondar en sus sentimientos hacia ella dedicando su tiempo a compartirlo con la mujer de su vida que no le pedía nada... que le entregaba todo... todo lo que no había podido darle antes.

Ella estaba muy preocupada por su salud, sabía que él no era un hombre quejoso... Él era muy fuerte y padecía el dolor en silencio. En Suecia lo habían llenado de medicamentos buscando una solución para su enfermedad, seguramente acá le hubiera ocurrido lo mismo, aunque ¿qué podía suceder si curaba su alma? Si la llenaba del amor que se le había escapado... si dejaba invadir su cuerpo de amor... si tomaba pastillas de amor, si recibía masajes cálidos de deseo. ¿Qué podía perder? ¿A quién podía hacerle mal llenarse de amor o encontrar el amor perdido?

En Buenos Aires pasaron los días y las noches de amor más hermosas de sus vidas y se dedicaron unos días solos en la costa.

Los bosques que rodean las cabañas de Mar de las Pampas en la costa del Atlántico son frondosos y pintorescos, parecidos a los que circundaban la casa de Daniel en Suecia, sólo que allá la vista de agua era de lagos espejados.

Calientes eran los días en que el sol abrazaba la arena con ganas de devorarla y calientes fueron las horas que gastaron enlazados uno al otro en la habitación de la cabaña compartiendo su amor a medida que las olas del salvaje mar argentino se enredaban salpicando una espuma vibrante, vital, enérgica y sensual que parecía querer reflejar algo de esta historia de amor que había elegido esas costas para tener lugar.

Compartir unos días bajo el mismo techo, pronunciar el nombre del otro y ver que no era un sueño... que quien acudía cuando se llamaban desde la habitación a la cocina o viceversa era él, en verdad o era ella, en verdad.

Las caminatas, las charlas, las confesiones profundas que se entregaban el uno al otro los unían más y más invadiéndolos hasta las entrañas.

Y volvieron a Buenos Aires y visitaron a Omar, su amigo del alma y a su esposa. Y ellos les prestaron su auto para que Daniel la llevara a Clara a un lugar.

La ruta esta libre, no hay muchos autos y el día se presenta caluroso y bien soleado.

Daniel y Clara viajan por la ruta Panamericana hacia el Norte de la provincia de Buenos Aires.

Días atrás, estando en Mar de las Pampas, ella le hizo prometer a Daniel que la iba a llevar a un lugar especial. Seguramente él habrá pensado que, como toda mujer, no hay lo que le alcance y quiere algo más. Bien, de todos modos ella se las ingenió para que él le prometiera sin saber y, una vez que hizo la promesa, ella le dijo a dónde quería ir. Y, ahora que se había comprometido, debía cumplir.

No había forma ya de volver atrás, él sentado al volante, manejaba tranquilo. Estaba disfrutando del paisaje de campo de su tierra. En Argentina apenas se sale a la ruta hay inmensidad de campos verdes sembrados de soja, maíz, legumbres, toda clase de vegetales y, ver un campo de girasoles es un espectáculo imponente.

Además de disfrutar de esa vista los dos sienten que el tiempo compartido juntos, es único, y se aman tanto que el sólo hecho de parar a comer un sandwich en cualquier lugar durante el viaje, es especial para ellos.

Clara le había hecho prometer que la llevaría a San Nicolás a ver a la Virgen. Claro, después de diecisiete años sin verse, habiendo estado durante el primer viaje tan solo quince días juntos, y ahora, en este segundo viaje después de ocho meses sin verse ella le propone hacer trescientos kilómetros para ir a ver a la Virgen, no sonaba muy tentador, ni romántico, pero él aceptó.

En realidad era ella la que lo estaba llevando a él. Y él lo sabía.

Clara quería de todas maneras poder lograr llegar con él hasta allá para pedirle a la Virgen, que es tan milagrosa, que le alejara el sufrimiento y los dolores por la enfermedad y que lo ayudara a curarse.

Ella lo amaba profundamente y nada iba a detenerla hasta poder darle todo su amor.

De este modo hicieron los trescientos kilómetros y llegaron al lugar aproximadamente a las dos de la tarde.

En la ciudad de San Nicolás es donde parece que la Virgen eligió, así como lo hizo en otras partes del mundo, aparecer y dar a conocer su mensaje a los hombres.

A partir del *25 de septiembre* de 1983, una humilde señora del lugar llamada Gladis, comienza a ver que el rosario que estaba en la pared de su habitación se iluminaba de una forma llamativa y extraña cada vez que iba a comenzar a rezar. Ella llamó a unos vecinos y todos pudieron ver lo que sucedía sin poder hallar una explicación. A partir de ese momento Gladis recibe mensajes de la Virgen que aparece en su casa.

Ella decidió no decir nada porque tenía miedo que la tomasen por loca.

Clara no conocía exactamente este relato, pero había oído mucho acerca de esta Virgencita que era muy milagrosa. La gente tenía mucha fe en ella y en cierto modo decían que era como la Virgen que hizo sus apariciones en Fátima, Portugal en 1917 o la de Lourdes, Francia en 1858, ya que muchas personas dijeron haber presenciado el momento en que el sol giraba sobre sí mismo en el cielo y se aproximaba a la tierra dando una sensación de luminosidad y paz indescriptibles.

El siguiente no fue su primer mensaje... sino que lo daría más adelante.

El 12 de Marzo de 1988 Gladis recibió este mensaje:

"Mis amados hijos: Pido aquí como en Fátima, como en Lourdes, que los corazones se llenen de amor al Señor. Estoy aquí, soy Madre de Jesús y Madre vuestra y como tal, sé de vuestras necesidades. Sé cuanto necesitáis de Mi Maternal Amor. Ligados a Mí, seréis alimentados debidamente. Alabado sea el Señor".

En realidad todas las Vírgenes que se aparecen en diferentes lugares y en tiempos distintos no son más que una sola, La Virgen María, madre de Jesús. Ella aparece en cada lugar con una advocación distinta.

Clara estaba segura, ya que tenía mucha fe, que a Daniel le iba a hacer muy bien ir a ese lugar. Por eso estaban los dos juntos allí y habían decidido dedicar ese día, de los pocos que tenían, para ir a verla. ¿Qué eran trescientos kilómetros después de haber hecho diecisiete mil..?

La decisión de no decirle a nadie lo que estaba sucediendo, tuvo un término de tiempo para Gladis quien finalmente necesitó comentárselo al padre Carlos. De todos modos el sacerdote le recomendaría no divulgarlo por el momento. Todas las apariciones de la Virgen ocurrían en silencio, hasta que un día de Octubre, la madre habló por primera vez y le dijo:

"Has cumplido. No tengas miedo. Ven a verme. De mi mano caminarás y muchos caminos recorrerás"

La Santa Virgen apareció durante siete años en San Nicolás y muchas familias vieron en sus casas iluminarse los rosarios que tenían colgados en sus paredes. Dicen que se iluminaban de una forma hermosa y despedían pequeños destellos como chispas que parecían como diminutos relámpagos.

Nadie pudo dar una explicación científica a este suceso.

Un día, Gladis quiso ver una imagen de la Virgen que, según le había transmitido la Santa Madre, se encontraba en la Iglesia. Se dirigió hacia la Iglesia, le comentó al padre y él le mostró varias imágenes, pero Gladis no pudo reconocer a la Virgen que ella había visto en las apariciones, en ninguna de ellas.

De pronto, el padre se da cuenta que había olvidado que, separadas en el campanario, se encontraban unas imágenes rotas y abandonadas allí durante largo tiempo. Se dirigieron hacia el campanario y en el mismo momento en que Gladis pudo ver la imagen de esa Virgen dijo que ella era la que se le aparecía y le daba los mensajes.

Enviada desde Roma y bendecida por el papa León XIII, ante sus ojos se encontraba la imagen de María del Rosario, que había llegado a San Nicolás en 1884.

La imagen fue puesta en la Iglesia un *25 de septiembre* de 1884, cien años antes.

Dicen que en el lugar hay agua milagrosa pero Clara y Daniel no habían podido ver la fuente ese día. Sería quizás que tendrían que volver allí otra vez...

Gladis había tenido sueños acerca de un manantial de agua que brotaba donde crecía un arbusto. Ella recuerda que la Virgen le había dicho:

"Muchos sueños se convierten en realidad y este sueño será una realidad"

Después de cinco años volvió a soñar con agua que corría por canales alrededor del templo y escuchó a la Virgen que le decía:

"Grande es la bendición que hay sobre tu pueblo: bendición de Dios para sus hijos"

En el lugar que le fuera señalado a Gladis por la Virgen, donde se construyó el templo, en un arbusto que fuera señalado, se excavó y a los cuarenta y siete metros surgió un agua cristalina y en ese instante se impregnó el lugar de un misterioso olor a rosas. Todo esto sucedió frente a un sacerdote, un geólogo y dos arquitectos.

Esa agua fue llevada en recipientes y mucha gente ha experimentado curaciones milagrosas por su utilización.

Hoy en día la señora Gladis se mantiene recluida en su casa de San Nicolás de los Arroyos, Argentina. Mantiene la misma discreción que le encomendara el padre en un principio. No se sabe si aún continúa recibiendo mensajes de la Virgen.

Gladis ha tenido conversaciones con Jesús que le dijo:

"Días gloriosos os esperan, recoged la cosecha, será grande"

Clara había escuchado esto en otras oportunidades. Algo como que la Argentina era anunciada como un lugar especial en el mundo. Sin dudas había habido pruebas de que fue el refugio de muchos europeos tras la primera y la segunda guerra mundial.

Su *Nonna* –que significa "abuela" en italiano–, le había relatado algo, no mucho, acerca de la guerra. En realidad ella no quería hablar demasiado del tema. Seguramente el dolor hacía que no surgiera ese deseo y además para qué contarle cosas tristes a su nieta.

De todos modos Clara pudo ver las penosas fotos de la pobreza donde ella y varios de sus hermanos estaban de pie junto a una pared destruida, parados sobre la tierra, casi arrinconados se diría, las caritas sin un mínimo gesto capaz de esbozar una leve sonrisa, el silencio apabullante reflejado en sus dulces rostros. Argentina había sido para ella, como para tantos otros inmigrantes... el refugio, el escape de tan hondo e inimaginable dolor.

Y la Virgen tenía más mensajes dados a Gladis, en ellos pedía oración.

El 14 de junio de 1988 dijo:

"Hija, ora por todos los jóvenes del mundo; tienen necesidad de la ayuda Divina, ya que se cierne sobre ellos una amenaza mortal. La drogadicción es en verdad un gravísimo peligro para la juventud. Muchos jóvenes están en estos momentos, siendo esclavos de Satanás, de la manera más cruel.

"No quiere el Señor, ni esclavos ni seducidos, quiere almas que tengan fe en la Vida Duradera, en Cristo Jesús, Salvador de las almas.

"Amén, amén. Que este mensaje sea conocido en todo el universo."

De manera que la Virgencita estaba diciéndonos a todos, no sólo a los Argentinos que el hombre debe recapacitar en sus actos.

Los roles cambian cuando el más humilde se convierte en erudito por el solo hecho de saber escuchar. Y el más sabio se transforma en ignorante y necio cuando su anterior elocuencia se apaga atormentada por lo que no puede explicar.

Daniel y Clara juntos hicieron la cola entre la gente que espera para ver la imagen de La Virgen. En silencio, tomados de la mano llegaron frente a La Virgen que se encuentra dentro de una caja enorme de cristal. Lleva en sus brazos al niño Jesús y colgando de sus manos, el rosario que perteneciera a la señora Gladis. Parados de frente a la imagen, él la tomó de la cintura y ella apoyó su mano izquierda en el hombro de él mientras estiraba su brazo derecho alcanzando a tocar con la palma de la mano abierta el cristal intentando conectarlo a él, que había venido desde Estocolmo, con la Virgen en San Nicolás, Argentina.

Así, transcurrieron unos instantes abrazados. De regreso a Buenos Aires en la ruta, en el auto, Daniel le dijo a Clara que ya no sentía ese dolor constante que lo acompañaba por horas.

Y Daniel regresó a Europa unos días después. Cuantas cosas habían pasado en sus vidas. Cuántas... que jamás hubieran podido imaginar.

CAPÍTULO SIETE

LEYENDA DEL MAR

Clara toma el control remoto y cambia de canal, acaba de comenzar un programa en "National Geographic Channel"[*]. ¡Es de Suecia, ya nadie la quitará de la pantalla del televisor! Interesada, presta atención mientras toma una taza de café con crema y canela.

El programa trata de la construcción del hotel de hielo al Norte de Suecia en Jukkasjärvi, un pueblo de setecientos habitantes y ochocientos perros a orillas del río Torne, el más transparente del mundo. Acá en Argentina tenemos el río más ancho del mundo que por cierto, transparente no es, el río de la Plata, a orillas de la cada vez más cosmopolita ciudad de Buenos Aires.

De vuelta en Suecia, el río Torne fluye tan rápido que cuando se congela todas las burbujas salen del agua y lo hacen sumamente transparente.

Quienes tuvieron la magnífica y original idea de construir un hotel de hielo deben cortar cada año bloques de dos metros cúbicos de río congelado y a su vez juntar tres mil toneladas de hielo y llevarlo a un depósito donde son mantenidos a cinco grados centígrados bajo cero.

---

[*] "National Geographic Channel TV", "Superestructuras" "El Hotel de Hielo" en Suecia. 2007.

El hielo debe ser cosechado en primavera y esperar seis meses para que este asentado.

Este imponente hotel fue creado cada año durante los últimos dieciséis años ya que, por supuesto, luego de tres meses y cuando comienza el calor se derretirá permitiendo a sus constructores comenzar a idear el próximo desafío para el siguiente año.

Por lo tanto, cada hotel de hielo vive y muere y está a expensas de la naturaleza con la que se mimetiza, formando parte del paisaje circundante.

Quienes colaboran en este proyecto vienen de diferentes partes del mundo y dicen disfrutar del entorno, la nieve y el frío característicos de este paraje. Ellos sostienen que el lugar es casi mágico, que la luz de la luna tiene un brillo muy particular, que toda la luz que se desprende del ambiente natural es indescriptiblemente bella.

Este último año han decidido hacer una iglesia con una cúpula de nieve, toda la construcción se convierte en una carrera contra el tiempo ya que el calentamiento global trae inviernos más cortos y algo más calurosos.

Los bloques de hielo se pegan con agua que cumple la función del cemento en la construcción ya que cuando se congela permite que todo quede unido firmemente.

Clara está pegada a la pantalla, todo esto es tan novedoso... Pensar que acá podríamos hacer lo mismo ¡con todo el frío y el hielo que hay en la Antártida Argentina! Quizás algún día se haga algo parecido en Argentina, ¡es que se ve tan hermoso!

Las paredes se construyen con nieve artificial que es una mezcla de hielo y agua la cual es hecha con máquinas. Luego se usan moldes de metal para dar las formas. Estos deben ser sacados justo a tiempo antes de que se peguen, si se quitan demasiado rápido todo se puede derrumbar. Para hacer el techo abovedado de la iglesia, han utilizado un globo de diez metros de diámetro que se infla, es cubierto de nieve y luego, en el momento indicado se desinfla.

Dentro del hotel, una vez armada la estructura con los pasillos y las habitaciones, los artistas moldean diferentes esculturas en hielo en cada ambiente dándole un toque digno de admiración, que rememora en parte a una galería de arte moderno pero con la particular distinción del entorno. Una de las habitaciones tiene sobre la cama una manta de piel de reno, oscura, que contrasta con la transparencia del lugar. Detrás de la cama se observan gigantescas bolas de nieve de diversos tamaños que parecen por momentos desprenderse de la pared y adquirir movimiento, iluminadas por luces de fibra óptica de exquisito gusto en los tonos.

Doce mil personas se hospedarán al menos una noche y cuarenta mil lo visitarán durante el día. La gente llega de todas partes del mundo.

Cuentan que en el hall del hotel se puede ver una araña de hielo gigante que permanece igual año tras año. Todo lo demás se renovará cada año intensificando el desafío y permitiendo incrementar la curiosidad de sus visitantes, la de los que ya han concurrido y la de los que todavía no han tenido la suerte de visitarlo.

De pronto, suena el teléfono.

–¿Hola? –dice Clara algo concentrada todavía en lo que estaba mirando con atención

–Hola guapa –se escucha del otro lado.

–¡Hola mi amor! ¿Cómo estás?

–Yo muy bien, ¿cómo está la mujer más linda de la tierra?

–Perdidamente enamorada –se sonríe...

–Bueno que suerte... y ¿Quién es el afortunado?

–Un vikingo negro... ¡Ja ja! ¿Viste alguna vez un vikingo negro?

–Te puedo asegurar que en los casi dieciocho años que llevo vividos en este país nunca me crucé uno, ¡ni siquiera castaño!

Daniel era de ascendencia suiza, la piel blanca y el pelo bien oscuro. Debajo de sus espesas cejas oscuras se podían ver unos profundos ojos verdes llenos de expresión. Los mismos con los que atrapaba a Clara cuando la miraba con profundidad, cuando conversaban, cuando se buscaban... cuando le hacía el amor.

–Sos divino, cómo me gustas, contame: ¿Qué estabas haciendo?

–Y... mirá... como nunca pienso en una mujer llamada Clara que está en Argentina me dije... la llamo para ver si tiene ganas de conversar con un vikingo negro.

–Claro, como no voy a querer hablar con el hombre más sexy del mundo.

–Recién acabo de estar un poquito en Argentina, estuve hablando con Omar...

–¿No me digas? Yo estuve un poquito en Suecia.

–Ah ¿sí? Y ¿cómo es eso?

–Estaba mirando un programa de Suecia que mostraba la construcción del hotel de hielo... ¡realmente atrapante! ¡Me encantó!

–Bueno... parece que estábamos cruzados o más bien juntos, como siempre...

–Si, es verdad estamos el uno con el otro. Y ¿qué te dijo Omar, mi amor?

–Estuvimos hablando del trabajo, de la posibilidad de conseguir algo en Buenos Aires con él e incluso de estudiar también.

–¡Qué bueno, mi vida! Ojalá que se nos dé, sé que es bien difícil para vos tomar semejante decisión... pero sabé que contás conmigo para todo.

–Si lo sé, hermosa... me hace tanto bien contar con vos.

–Yo quiero que sepas que a pesar de que esto que nos pasó es bien difícil para ambos porque ahora estamos tan lejos... yo sé que es más difícil para vos si tenés que tomar la decisión de venir para acá. Pero al mismo tiempo, si estuvimos tan cerca aún estando separados por miles de kilómetros de océanos y esto es cada vez más fuerte para nosotros debe ser porque el amor es verdadero, ¿no?

–No te quepa la menor duda que el amor que siento por vos es el más verdadero que existe, guapa.

–Sí, lo sé. Y vos debes sentir lo mismo cuando yo te digo cuánto te amo. Vas a ver que todo se va a ir solucionando poco a poco, ahora todo está como muy convulsionado, además como nosotros somos lo bastante indicados para repetir esa famosa frase que dice "uno nunca sabe lo que le depara la vida", no sabemos si lo que hoy parece difícil se torna en una posibilidad de crecimiento, de movimiento, de estar acá y luego allá... no sabemos que va a ir sucediendo. Si los dos queremos vamos a encontrar un camino. Los océanos se van a abrir y la distancia se acortará igual que se desvaneció el tiempo en el momento en que nos vimos en San Martín y Maipú. ¿Te acordás?

–¿Cómo no me voy a acordar? Fue como si en un minuto se cayera una cortina y se hubieran borrado los años así como así, como si no hubiera habido distancia ni tiempo que hubiera podido separarnos... Mmm... ¡qué ganas de besarte la boca que tengo..!

–Yo también mi amor... no sabes lo que te extraño... lo que extraño tus caricias...

–Y yo ni te cuento... estoy como loco... no veo la hora de tenerte... de tenerte en la cama... de llenarte de besos...

–Mmm... ¡Dios..! Muero por estar con vos...

Juntos, mimándose, acariciándose el alma y el cuerpo continúan conversando de la forma en que pueden para calmar la sed de amarse y de verse, hay veces en las que se transforma en una tortura el hecho de no poder verse y volcar todo el deseo que dos amantes se deben a la hora de estar juntos. Pero, de una forma irreproducible ellos se sienten tan conectados en el alma que el amor se fortalece cada día que pasa y no se aquieta, y no decae, y no aburre y hay más, como cada una de las noches que compartieron amándose, hora tras hora, volcando el uno en el otro el amor que se habían postergado por demasiados años.

Hay veces en las que pasan una hora y media hablando por teléfono, otras veces pasan más y más horas chateando... todo esto los puede mantener unidos... pero el dolor de la separación, el no poder verse, es muy duro para ambos.

Muchas veces Clara se queda llorando su ausencia, el dolor de no tenerse físicamente, de no poder conversar cara a cara. El hecho de no poder mirarse a los ojos... Mmm... eso era un bálsamo para ambos. Los dos se sumergían cada uno dentro del otro a través de sus ojos.

La sensación de navegar el alma del otro por medio de la mirada es algo que jamás podrán olvidar, algo que seguramente arrastran de otras vidas, algo mágico y transformante que ellos podían trasladar al sexo.

Pronto se repuso y continuó pensando en llegar a lo que ambos deseaban. Por momentos se encontraban diciéndose lo mismo, hablando de cómo dejaban correr el tiempo y se llenaban de actividades para que pareciera que el tiempo volaba y se aproximaba otra oportunidad de verse.

Un día Daniel le contó como era el invierno allá. No es fácil imaginar días de tres o cuatro horas de luz y ver caer la noche a las cuatro de la tarde. El frío que, contradictoriamente, parece que quema el cuerpo, la nieve en la puerta de la casa impidiendo la salida, los autos cubiertos de hielo y nieve. Él, serenamente, le contaba cómo debía levantarse antes para limpiar el auto y prepararlo para salir. La noche anterior debía ponerle un líquido para que no se congelase el agua del radiador y una especie de calefactor dentro del auto para subir por la mañana y que no estuviera tan frío. Resulta difícil moverse dentro con la cantidad de ropa que hay que llevar puesta, no nos olvidemos que hay días y noches de ¡veinte grados bajo cero! Él la hacía reír diciéndole que rogaba que no se le cayera una moneda porque ¡era imposible juntarla del piso! Si parecía el muñeco de Michelín con tanto abrigo.

Y Clara le dijo que había leído muchas cosas entre las cuales se contaba que las noches oscuras del invierno sueco se hacían eternas, aunque tan solo el hecho de pensar en la llegada de la primavera generaba en la gente la posibilidad de pensar en un tiempo luminoso. Como en todo lugar se encuentran ciertas tradiciones que se conservan a través del tiempo. Dicen que antes de la Pascua las chicas se pintan la cara, usan coloridas bufandas y polleras largas y van de casa en casa pidiendo caramelos. En las colinas cercanas la gente hace fogatas para espantar a los malos espíritus y que, de todos modos, también se pueden ver celebraciones de la Pascua tradicional entremezclada con lo sobrenatural.

Entonces Daniel le contó que allá se celebra lo que se llama *Walpurgis Night*. Una noche en la que todos se reúnen en las colinas alrededor del fuego para dar la bienvenida a la primavera cantando canciones. Pero que es sabido que siglos atrás estas fogatas se hacían para espantar a las brujas.

A Clara le encanta escuchar todas estas historias o relatos de la vida en Suecia. Lo que para ella era más fácil de imaginar sin haber estado nunca allí era el hecho de pensar en Suecia como un lugar hecho para los deportes de nieve. Tanto frío y nieve era como una garantía de encontrar espectaculares pistas para esquiar. Daniel tenía un amigo que era campeón de esquí y yendo a verlo competir, había descubierto como los suecos habían adoptado ya una amplia diversidad de estilos y posibilidades relativas al esquí. Pudo disfrutar de ver una mezcla de parapente en la nieve, *surf* y motos sobre nieve y hasta anotarse en un safari en reno a través de los bosques.

Por el contrario, los días de verano son cálidos e iluminados. Daniel le había contado cómo los días se extienden de manera que por la noche hay tan solo unas cuatro o cinco horas de oscuridad y el reunirse a comer algo afuera prolongaba el encuentro inevitablemente al convertirse la noche en día en tan poco tiempo. Entonces, compartir una comida con conocidos era cuestión de quedarse conversando por mucho tiempo durante la noche que en realidad ya era día.

Además, en los parques en verano se celebra la "fiesta del langostino", se arman largas mesas al aire libre donde se come y bebe, esta es una tradición que comenzó a fines del siglo diecinueve.

El verano en Suecia es especialmente hermoso, toda la naturaleza que circunda el ambiente es imponente.

El encanto de este magnífico lugar del mundo reside en el contraste entre el gélido frío y la llegada del calor.

La profunda y gris oscuridad del invierno y la penetrante luz transparente y vital de los tiempos cálidos.

Los intimidantes cielos tormentosos y la tenue luz rosada de un cielo mágico y claro en el atardecer de primavera.

La cultura medieval y el avance tecnológico.

Las leyendas de oscuros dragones y la belleza rubia de la mujer sueca.

Clara y Daniel sentían que su amor era muy fuerte, de afuera podía verse como muy difícil, extraño en parte, sostener una relación a distancia y de alguna manera quienes lo veían así tenían razón, pero ellos sabían que necesitaban algo de tiempo para acomodar las cosas, el *shock* de haberse reencontrado y de esa forma tan abrupta para ambos, que se presentó de la noche a la mañana, sorprendiéndolos a ambos, había que manejarlo con cuidado y delicadeza, algo que Clara se había propuesto hacer y que además la caracterizaba como mujer. Ellos pudieron reconocer inmediatamente que no es lo mismo enamorarse fulminantemente de alguien que haber conservado ese amor constante a través del tiempo y a pesar de la distancia. Esa sensación de que lo que más ansía tu alma es estar con la persona amada y no hay nada que se anteponga a ese deseo.

Ellos sabían que el poder del amor mueve montañas, hace que la vida de una persona se transforme con profundidad. El amor verdadero no se inicia con un éxtasis total y eso era lo que les había ocurrido a ellos. Desde chicos, desde que él había ido a tomar clases de inglés. Él dice haberse enamorado el día en que la vio y a medida que se conocieron ambos fueron haciendo crecer algo que a veces puede pasar de largo en el destino y no permitirnos darnos cuenta que esa es la verdadera persona para nosotros. De hecho a ellos les había pasado y las cosas se dieron de esa manera pero ahora estaba esta posibilidad rodeada de seguridad, en lo que respecta a los sentimientos de ambos, pero también de incertidumbre ante lo que sucedería al final.

Claro, no todo dependía de ellos dos y había que poder acomodar las cosas para que esto pudiera ser posible de la mejor forma. En realidad lo que había que hacer era poder pensar en darse la posibilidad de amarse como lo deseaban, estando juntos. Pensar en la posibilidad de permitirse ser... sentirse merecedores de ese amor.

A veces, las cosas que te ocurren en la vida no te dejan ver bien dentro de uno mismo y considerar la opción de sentirse merecedor de ser amado en verdad, no por lo que posees o el aspecto de tu físico sino por lo que yace en tu interior, en tu alma. ¿Cómo es que nos cuesta tanto considerarnos como alma?

Sí, ya seguramente a algunas personas leer esto les resulte extraño. Pero, detente a pensar un solo momento con profundidad. ¿No nos vemos más como carne, como cuerpo, ocupados de las apariencias, de lo que dicta la moda que es bellísima y nos hace sentir bien pero digo, ¿no nos es más fácil considerarnos como sujetos sociales inmersos en un mundo que nos pide consumir, participar, estar de este modo u otro

Cuando podemos detenernos a pensarnos como cuerpo, mente y espíritu y consideramos estos tres aspectos de nuestro ser, las cosas se ven distintas.

No es lo mismo mirar a los ojos de tu amor y ver en él su alma pensándolo como una unidad de esos tres aspectos que lo conforman, que tan solo ver su cuerpo separado de lo demás. Permitirse que el otro te ame porque te consideras un ser merecedor de ese amor y devolver cada acto con el cuerpo y con el alma sin manipulaciones, en total entrega.

Da un paso atrás y deja salir tu alma de tu cuerpo...
Ahora mírala... .. ¿Qué ves? ¿Todo lo que hiciste hasta ahora?
Vuelve a mirarla y ve todo lo que harás de ahora en adelante
Da un paso adelante y entra en ella, no te detengas continúa
rumbo a tu destino.

Así se habían amado desde el primer momento en que pudieron estar juntos, sin obstáculos −*ya los había habido... y muchos*−, sin especulaciones, sin esperar nada a cambio, sin limitaciones, sin condicionamientos; en total libertad de expresar su amor el uno por el otro, sin medir el tiempo y tan solo descubriéndolo al percibir la salida del sol.

Sin océanos de por medio...

Y Clara recordó... recordó esa tarde de verano cuando estando ella de vacaciones en Uruguay se hospedaba en unas cabañas en un *resort* frente a la playa.

Desde donde se encontraba, en la cabaña, se podía ver un bosque de altísimos pinos que ondulaban sus copas los días de viento. Un desayuno bajo los pinos marcaba el inicio de un día pleno de naturaleza y aire puro. Muy cerca de su cabaña se encontraba la pileta, también rodeada de pinos y lomadas de parque con abundantes y coloridas flores. Por la noche se veían las columnas de humo blanco salir de las chimeneas de las parrillas de cada cabaña, como signo de que sus ocupantes habían optado por comer un rico asado en casa. El aroma a leños crujientes invadía las sombras nocturnas que resplandecían a la luz de la luna permitiendo apreciar los destellos dorados y cobre de las chispas en las brasas.

¡Qué linda la costumbre tan argentina de comer un asado con amigos al aire libre Esas charlas prolongadas, las anécdotas, los sabores de la carne más rica del mundo con un vino de las mejores bodegas argentinas, en este caso compartidas con amigos uruguayos.

Una mañana se levantó temprano, desayunó en la mesita de afuera escuchando el canto de los pájaros, era un día cálido y decidió ir a la pileta, tomó sol mientras leía un libro, almorzó con su hija y su familia y por la tarde el clima comenzó a desmejorar. Su hija se fue a la cabaña de sus primas y Clara, después de compartir un café con sus padres, su cuñado y su hermana se escabulló por un sendero que conducía a la playa. La tarde se había puesto algo tempestuosa con lo cual se puso el sweater que llevaba sobre los hombros.

A lo largo de un *deck* de madera oscura que bajaba hacia la playa por una extensa escalera curvilínea Clara descendió y caminó un poco por las arenas blancas. El mar estaba algo revuelto y había un viento fresco y constante que no molestaba, tan solo pegaba helado en la cara arrastrando algo de sal del mar. En el agua se podía ver a un chico practicando *surf* sobre las agitadas olas. La playa estaba desierta.

Clara se sentó en la arena y se quedó mirando el mar, cada tanto, de a ratos muy largos pasaba alguien caminando. Hacia los costados la curva de la costa se prolongaba interminable a cada lado en esas playas semi desiertas. Ella seguía viendo hacia el mar, por momentos se tendía completamente de espaldas sobre la arena y se quedaba mirando el cielo. Las nubes, blancas, puras se arremolinaban veloces y húmedas, el sonido de la brisa se hacía imperceptible en contraste con las notas que se desprendían de la espuma del mar inundando la orilla.

Clara pensaba...

En su vida había muchas razones para ser feliz... pero algo faltaba... algo que tenía que ver con eso que completa al ser. Desde ya que se trataba del amor, ese que no había podido hallar, ó que había perdido. Pero en ese momento no lo sabía.

Ella recordaría más adelante –cuando pudiera atar cabos y relacionar–... lo que sintió ese día frente al mar. Clara miraba al mar y sentía la necesidad de preguntarse *qué habría del otro lado*.

Ella sólo recordaría que esa tarde en la que pasó más de dos horas sola sentada frente al océano mirando al horizonte, algo la llamaba a pensar en *el otro lado del mar*. Sólo miraba al mar y sentía una atracción muy fuerte y una curiosidad extraña por conocer qué habría del otro lado. Es algo que no podía explicar pero que quedará grabado en su memoria por siempre...

Después de ese momento, tan solo unos veinte días después, sería el día en que estando Clara con Estela en su casa encontraría la carta de Daniel.

LEYENDA DEL MAR

Cuentan los Tehuelches en sus *Karlem–shenik* (cuentos viejos), que el mar se formó por el llanto de un ser todopoderoso y bueno. Y que, por muchos miles y miles de años, ese mar fue un enigma para ellos. Generación tras generación se preguntaba qué habría del otro lado.

Karek era un joven tehuelche que le hubiera gustado encontrar la respuesta para su pueblo. Pero nadie creía en él, tal vez porque era demasiado joven y demasiado soñador. Veía a los mayores de su aldea contemplar el horizonte hacia el este día tras día, y los escuchaba murmurar suposiciones y teorías.

–Tiene que haber tierra más allá –decía uno.

–Una isla... –aventuraba otro.

Karek, como los otros de su pueblo, no dejaba de observar las bandadas de cisnes y flamencos que llegaban desde el confín del mar hasta la costa. Y que, tres meses después, esas mismas aves se lanzaban resueltamente hacia el brumoso horizonte marino, y desaparecían.

–Sí, tiene que haber una lejana isla –admitían todos en el pueblo.

¿Pero quién vivirá en ella? –se preguntaban.

¿Un dios? ¿El creador del mar..? –dijeron algunos.

Varios jóvenes valientes decidieron ir a averiguar. Karek se ofreció a ir con ellos, pero se burlaron de él y por su insensatez fue castigado a vivir lejos de la aldea por un tiempo.

Los jóvenes se embarcaron en sus canoas y desaparecieron en el horizonte. Varios días después sólo unos pocos regresaron vivos.

Y nada habían visto. Sólo mar y mar.

Por supuesto nadie se acordaba de Karek. Nadie lo había visto subir a una canoa robada y lanzarse a navegar, siguiendo la ruta invisible de las aves.

Karek remó solo durante días y noches, hasta que se le agotó la comida y el agua. Después se desvaneció.

Cuando despertó se encontraba tendido en una desierta playa pedregosa. Su canoa estaba deshecha.

No sabía que una corriente marina —que varios cientos de años después alguien la llamaría corriente de Malvinas—, lo había arrastrado a unas islas desconocidas.

Estaba seguro de morir, pero antes de cerrar sus ojos vio por última vez aquellas criaturas rosadas y de largas patas...

Comenzaba a amanecer cuando los habitantes del poblado tehuelche vieron llegar al dios. Volaba en una canoa de luz sostenida por seis soberbios flamencos rosados. Todos se postraron y lo adoraron, y nadie se dio cuenta de que era Karek.

Y Karek guardó el secreto. Decidió ser un dios.*

---

* (Tomado de: Nueva Enciclopedia Visual de la Argentina. Regiones geográficas. Patagonia. El Mar Argentino. Editorial Atlántida).

CAPÍTULO OCHO

DE VIKINGOS Y TEHUELCHES

Los tehuelches eran indios que habitaban las tierras del Sur de la Argentina, lo que la mayoría en el extranjero conoce como La Patagonia argentina, tierra que posee una extensión superior a los novecientos mil kilómetros cuadrados y de una gran diversidad geográfica. Esa tierra rica y árida a la vez, con la zona cordillerana llena de frondosos bosques de arrayanes y otras especies. Un paisaje muy parecido a Austria o Suiza en ciertas partes como Bariloche o San Martín de los Andes. Variados lagos transparentes y de sublimes colores algunos que, vistos en altura desde la ventanilla de un avión podían hacerte preguntar si en realidad existiría una palabra en el diccionario que pudiera nombrar el color que denotaban, mezcla de verde esmeralda y turquesa.

Los glaciares, como el Perito Moreno, también formaban parte de esta vasta zona del Sur argentino. El particular sonido de los desprendimientos de hielo crepitando al caer en el lago Argentino contribuía al deleite visual de los témpanos flotando a la deriva. Iluminados ellos por el efecto de la luz solar que los atravesaba brindándoles un resplandor de azules, turquesas, púrpuras transparentes y exquisitos tonos esmeralda de una magnificencia inconmensurable. Este bellísimo lugar era visitado por turistas de todo el mundo que se atrevían a llegar a esta hermosa y lejana tierra. Hacia el lado de la costa del Atlántico en península de Valdez, se podían ver ballenas francas, lobos marinos, delfines, orcas y las colonias de pingüinos que también se apreciaban más hacia el Sur aún llegando a Ushuaia, capital de Tierra del Fuego, la ciudad más austral del mundo. Estas simpáticas aves habitaban y habitan aún las islas Malvinas, Georgias del Atlántico Sur y la Antártida.

Clara había leído la leyenda de los indios tehuelches que habitaban la Patagonia Argentina y no pudo evitar pensar en Daniel como su Dios del otro lado del mar que había regresado por ella.

Los Tehuelches, así como otros indígenas de la región, vivían rodeados de la intensa diversidad de fauna entre la cual se encontraban los flamencos, el zorzal patagónico, el cormorán gris, el cormorán roquero, el carpintero patagónico, el pato de los torrentes, la paloma antártica y muchas otras especies de aves así como también otros animales como el puma, el huemul que era una especie de ciervo, el zorro gris y el piche patagónico; los elefantes marinos en las costas y los lobos marinos siempre acompañados de raudas gaviotas que surcaban el frío cielo de nuestro hermoso Sur.

Dentro de todo lo que Clara había leído de la Patagonia se encontraban relatos de colonizadores ingleses y americanos que se habían asentado en estas tierras. Pero ella rescataría otra clase de búsquedas como la del escritor francés Antoine de Saint Exupery que expresa brevemente en su carta de 1931, ya desde Francia a su amigo y colega, Luro Cambaceres:

"... Mi partida de su país ha sido para mí más dura... de lo que usted podría imaginar. No hay en mi vida período alguno que prefiera al que he vivido entre ustedes; no hay camaradería que me haya parecido más sana... Me encontraba en la Argentina como en mi propio país: me sentía un poco vuestro hermano. Cuando recibía carta de usted volvía a ver con tanta nitidez los grandes espacios libres del Sur, que me hacía daño...

y soy feliz al poder por fin escribirle y agradecerle todo lo que
la Argentina me ha dado".*

La Pampa y la Patagonia fueron habitadas por diferentes
tribus indígenas entre las cuales se encontraban los araucanos,
los mapuches, los tehuelches y pehuenches.

Fueron los mapuches quienes tras la adopción del caballo
invadieron la llanura pampeano patagónica. Este hecho suma-
do a la ocupación hispánica provocó el desplazamiento de
ciertas tribus hacia el Sur. Así, los indígenas que seguramente
tuvieron en épocas pre hispánicas territorios más o menos
definidos, entrecruzaron sus caminos originando un calidos-
copio étnico al cambiar su vida sedentaria y se convirtieron en
depredadores nómades. Una de las costumbres de éstas tribus
se llamaba el "suttee" o "sate" que, según el diccionario de
antropología Winick, se define como el rito hindú que consiste
en cremar a la esposa sobre la pira funeraria del marido. La
costumbre es conocida tanto por relatos etnográficos como
por las crónicas o las comprobaciones arqueológicas y existió
en diferentes culturas en épocas diversas desde Egipto hasta
China.

Se sabe que junto con los cadáveres de los acompañantes
que, además de su esposa estaban sus servidores, se agregaban
ofrendas en el panteón funerario, objetos preciosos pertene-
cientes al muerto o elementos de uso diario. También se esti-
laba matar a su caballo ya que se creía que iba a necesitarlo
luego de su muerte. Sin duda fundada en la creencia en la vida
de ultratumba.

Costumbres similares tenían los Vikingos, en la otra punta
del mundo.

Según cuenta Howard La Fay*, reportero para el National
Geographic, "Por el término de unos doscientos cincuenta

---

* Bulgheroni Raúl, "Suma Patgónica" pag 89. Ediciones Fundación Alejandro Angel Bulgheroni Botto.

años desde fines del siglo VIII después de Cristo hasta media-
dos del XI la mayoría del mundo conocido cayó presa de los
salvajes atacantes conocidos como Vikingos.

Partiendo en dirección Sur desde sus tierras escandinavas,
estos hombres del Norte aterrorizaban Europa abrumada por
la decadencia del Imperio Carolingio.

Los Vikingos fundaron reinos desde el Támesis hasta el
Volga. Dominaron Rusia y le dieron su nombre. Cruzaron el
Atlántico quinientos años antes que Colón. y aún sus dioses
continúan viviendo en nuestros días de la semana –Thursday
es el día de "Thor", Friday pertenece a "Frigg".

Los que llegaban a la costa este de Gran Bretaña habían
partido de los húmedos alcances del Norte. Enormes cabezas
talladas con forma de caballos, serpientes y dragones sobresa-
lían ante las proas de sus frágiles embarcaciones".

Clara había enseñado a muchos de sus alumnos, lecciones
de los Vikingos de los libros escolares ingleses que contaban la
brutalidad de sus hazañas al invadir las costas británicas, ace-
chando a los aterrorizados y vulnerables habitantes de los po-
blados que temblaban de miedo con la sola visión de sus
enormes flotas acercándose a lo lejos sobre las aguas. Lo que
no podían llevar con ellos tan solo lo querían ver quemado. Es
así como incendiaban las aldeas al término de sus saqueos.

Daniel le había contado a Clara que en el "Vasa" un museo en Estocolmo, había aprendido que los Vikingos suecos
habían dirigido sus rutas hacia Rusia llevando consigo caballos
que utilizaban para transportar sus barcos en tierra cuando el
curso de un río finalizaba. Entonces, continuaban a pie, arrastrando el barco hasta encontrar otro río y así, llegar hasta el
mar Caspio. Relatos que Clara tuvo luego oportunidad de leer.

---

* La Fay, Howard "The Vikings" National Geographic Magazine, April
1970 vol 137, n° 4,pag 492–93

"Los suecos embestían a través del Báltico hacia los vastos bosques de Abedul y las estepas rusas. Siguiendo ríos y lagos sus barcos araban rumbo al Sur a lo largo del Volga y del Dnieper hacia los asombrosos emporios de Baghdad y Byzantium.

Llevaban con ellos cargamentos de pieles, miel, ámbar, cera y –lo más importante–, esclavas rubias para comerciar por sedas y plata del Oriente...

Autores Arábigos y Bizantinos de los siglos nueve y diez los mencionan. Un árabe, Ibn Fadlan, escribió acerca de un encuentro con ellos en el Volga. Y en otra ocasión pudo presenciar la ceremonia fúnebre en barco de un jefe: "Ellos juntan sus bienes y los dividen en tres partes, una para su familia, otra para pagar por sus ropas, y la tercera para hacer *nabid* (quizás cerveza). Quedan estupefactos por la ingesta de este *nabid* día y noche; a veces uno de ellos muere sosteniendo una copa en sus manos."

Él describe cómo una joven esclava se ofreció a morir con su amo, y cómo el barco de un hombre fue llevado a la orilla y puesto en un tablado, con madera apilada debajo de él. Luego se construyó un dosel en la cubierta y allí fue acomodado un colchón decorado.

Ellos vistieron ricamente al cadáver, "lo llevaron hasta el dossier en el barco", y "lo sentaron en el colchón...". Ellos acomodaron *nabid* y comida y armas a su lado y "trajeron un perro al cual cortaron en dos y lo pusieron en el barco". Hicieron correr a dos caballos "hasta que sudaron, luego los cortaron en pedazos con una espada y los pusieron dentro del barco. Tomaron dos vacas a las que de la misma manera cortaron en pedazos..."

Una vez a bordo del barco la esclava se encontraría con la vieja llamada "Ángel de la Muerte", quien debía matarla... "Los hombres llegaron con escudos y palos. A ella le fue dada una copa de *nabid* ella cantó al tomarla y bebió... Yo vi que estaba

– 125 –

distraída... Luego la vieja la tomó de la cabeza y la hizo entrar al dossier..."

"Una vez allí los hombres comenzaron a golpear los escudos con sus palos para que sus gritos no fueran escuchados y las otras jóvenes esclavas no se asustaran y buscaran huir de la muerte con sus amos".

Dentro del dossier, la joven era puesta junto con el cadáver y muerta a puñaladas y estrangulada. Finalmente el pariente más cercano del jefe prendía fuego al barco. "Las llamas se adentraron en la madera, luego en el barco, el dossier, el hombre, la joven y todo en el barco."[*]

Sin duda... las costumbres de los hombres se repetían aun cuando no convergen tiempo ni espacio sino todo lo contrario, se dan en tiempos diferentes, en lugares muy distantes y en razas muy diferentes.

Sin duda... el mundo evolucionó desde esos tiempos hasta ahora. El hombre ya no practica esos rituales. No en las sociedades actuales. Y Clara se preguntó si la violencia que se vivía en el mundo "evolucionado" de hoy era mayor o menor que la práctica de esos rituales.

Se preguntó si el hombre había evolucionado. O si habíamos involucionado en términos de grandeza, de dimensiones desmedidas de violencia.

Si un practicante del "sutte" mapuche o tehuelche o si un salvaje o aterrorizante vikingo se levantara de su tumba hoy que pensaría de la bomba de Hiroshima, las Torres Gemelas, los atentados terroristas, la destrucción del medio ambiente, los derrames de petróleo... la quema del Amazonas, las bombas nucleares...

Sin duda... al hombre le hace falta *escuchar.*
Sin duda... al mundo le hace falta AMOR..

---

[*] La Fay, Howard, "Vikings" National Geographic Magazine, April 1970 vol 137, n°4 p 492–93

Que no me digan...

Que nadie me diga que no necesita Amor.

Que me diga ese señor... el gran empresario, exitoso y lleno de dinero... que él no necesita Amor.

Que me lo diga el cirujano, lleno de responsabilidades y stress, admirado o acusado... que me diga que él no necesita Amor.

Que me lo diga el panadero de la esquina, que me lo diga el presidente de cualquier país, que me lo diga el más famoso de los artistas de cine, ese que cambia de pareja buscando algo que parece que todavía no pudo encontrar o tal vez sí...

Que me lo diga ese pobre mendigo que, a los ojos de los demás irónicamente parece no necesitar nada más que su propio cuerpo y lo que lleva puesto... que él me diga que no necesita Amor.

Que me lo diga el psicólogo, el sexólogo, la maestra, la madre, el enfermero de un hospital, el profesor, el mecánico, el piloto del más moderno jet, el enfermo, el que tiene salud, un marino, un cura, un rabino, un astronauta...

Que todos digamos que un niño hambriento del África no necesita Amor... ¿Quién podría..? él no lo puede decir porque el hambre le tapa la boca y no puede hablar. Pero sí hablan sus ojos... y su mano ni siquiera puede extenderse como la del niño Hindú que la utiliza para pedir al menos.

Sus brazos cuelgan a los costados del cuerpo.

Su mano no se extiende... en un gesto de resignación que apabulla.

Que no me digan... que el mundo no necesita Amor.

¿Podremos atrevernos a cambiar todos el discurso?

¿Podremos no seguir postergándolo y hacer algo para que ésto ya no ocurra más?

Empecemos por decir todos juntos:

"Sí, el mundo necesita Amor".

CAPÍTULO NUEVE

LÁGRIMAS

Líquida, densa, transparente, algo lenta comienza su descenso por la curva del pómulo hasta llegar al límite en el que cobra algo de velocidad que la propulsa rápidamente hasta la comisura del labio.

Las lágrimas saben saladas. Dicen... digo dicen, si no se tiene la oportunidad de probarlas. Clara siente esa lágrima deslizarse por su mejilla hasta rozar sus labios y no la quita. Parece que el dolor, la tristeza no le dan fuerzas de moverse en un intento por secarla.

Sentada en el comedor diario de su casa piensa. Piensa... ¿qué hace ella sola acá y él solo allá?

¿Estará solo..?

¿Se habrá cansado..?

¿Se habrá tentado..?

La asiduidad de sus llamados.

La frecuencia con que él la mimaba no le demostraba eso.

Él la llamaba cada noche y conversaban durante dos horas o más.

De todos modos... transitando la era del engaño, la doble cara, el individualismo extremo, puro que exalta el ego y apaga la preocupación por el otro era difícil no pensar en que él pudiera estar buscando consuelo en brazos de otra. Por otro lado era injusto pensar en que la engañaría cuando ella no lo hacía y transitaba la misma situación que él pero debajo de la línea del Ecuador.

Ambos eran fuertes y confiaban el uno en el otro pero a veces los atacaba la duda que a cualquier mortal con litros de sangre circulando por su cuerpo le atacaría en una situación atípica, anormal como esta. Aunque ya no estaba siendo tan anormal en este mundo globalizado. Debía haber muchas parejas formadas a la distancia... pero a ellos era la primera vez que les pasaba y atravesaban la experiencia aferrados al Amor que los sostenía día a día... que no los había dejado.

Encontrar la explicación de por qué tantos años de dolor... por qué tanto no poder disfrutar con otro...

Saber, después de tanto tiempo, que se debió a haber perdido al amor de tu vida... era para Clara y hubiera sido para cualquier mortal que le da valor al amor, algo desgarrante y esperanzador al mismo tiempo al saber que ahora se les abría una puerta...

Mientras tanto él pensaba lo mismo allá.

"Pasar tantos años construyendo algo con la persona equivocada viajando con otra cuando debí haber estado con vos... transformando algo lindo en una rutina sin sabor, sin goce plagada de estancamiento".

–Son dos vidas distintas –dijo Daniel–. Cuando pienso en Argentina es todo como más cálido, más caliente, más humano, como... la parte humana de uno mismo... ¿me entendes?

–Sí, como las raíces –dijo Clara.

–Es como que después de tanto tiempo uno no es cien por cien argentino.

–Sí, claro... son veinte años casi. Es lógico que ese tiempo de tu vida ya sea parte tuya.

–Pero al mismo tiempo, si me pongo a pensar no soy ni treinta por ciento sueco.

Clara lo escuchaba del otro lado del teléfono con el aire acondicionado prendido porque el calor estaba insoportable en Buenos Aires esa noche. Él estaba en la cama tapado hasta el mentón mientras afuera, en el rigor invernal, soplaba el desmesurado viento sueco y "no hacía tanto frío" –le había dicho Daniel–, "tan solo tres grados bajo cero".

–Acá, a pesar de ser una buena persona, de cumplir en el trabajo, de ser honesto y responsable... es como que siempre te recuerdan que *sos bueno*... pero que *sos extranjero*.

"Por ejemplo... vos vas a tu trabajo todos los días y el sueco tiene la capacidad de pasar por al lado tuyo y analizarte. Serían excelentes jugadores de Poker, jamás te van a decir o marcar si estas haciendo algo de forma incorrecta o no esperada. Ellos sólo te observan y quizás después de mucho tiempo digan algo.

"En Argentina no era así. Yo recuerdo que si tu jefe te miraba o tenía que decirte algo, lo hacía de frente y no disimulaba en el proceso".

–Eso debe haber sido una de las cosas que formaban parte de lo difícil de adaptarse a otra cultura, simplemente porque no es igual a la nuestra.

–Exactamente.

Clara lo escuchaba y el relato la aproximaba a las lecturas de Hall[*] en la facultad describiendo los diferentes conceptos del tiempo en lugares distantes, en tribus indígenas americanas, en ambientes de trabajo latinos donde para ciertas personas se hacían incomprensibles los tiempos y los tratos. O en conceptos de la cultura en medio oriente donde el tiempo, los encuentros y el trato de los mismos, hubiera parecido completamente absurdo tanto para nosotros como para un americano o un sueco.

–A veces no entendés el humor... de qué se ríen.

"Todo ese tiempo... que no son meses... son años, las cosas que vivís no tienen la misma medida ni la misma onda... No tengo el mismo archivo.

---

[*] Hall, Edward "The Silent Language" " Time talks. It speaks more plainly than words" "The Silent Language" p 1. "El Lenguage Silencioso"

"Una vez me acuerdo cuando llegué, que yo en Argentina sacaba un paquete de puchos y le preguntaba a quienes estaban alrededor quién quería... para convidar... de onda... todo el mundo lo hacía. O a veces si alguien estaba fumando entre amigos y no tenías un cigarrillo en ese momento le pedías a esa persona y te daba con gusto.

"Bueno, un día estando en el trabajo en el momento de descanso, vino uno a pedirme un pucho pero me lo quería pagar... ¿entendés?"

–¡Noo..!

–Sí. Me quería pagar "un" cigarrillo... era como si, no sé... como si no quisiera quedar debiéndome nada.

–Claro, sí... ya entiendo... te pide pero al mismo tiempo quiere cerrar la cuenta porque no vaya a ser que después "este tipo me vaya a pedir algo más de lo que me dio". Sucede también acá, quizás no tan marcadamente, pero hay personas que temen recibir porque no quieren devolver; aún cuando el que les dio no espere nada a cambio.

–Una cosa así... algo por el estilo. Como si no supieran dar desinteresadamente.

–Otra vez hablábamos con otro compañero de trabajo de las bebidas... qué te gusta más si la *Coca-Cola* o la *Fanta*... Después de un rato voy a la máquina, me compro algo para tomar y también compro una botellita para él y se la doy. El tipo me mira extrañado y dice: "¿Y por qué?" "... No sé, compré una para mí y otra para vos", le dije. Se me quedó mirando con cara rara y dejó pasar aproximadamente dos horas, no más. Se me acercó y me dio otra botella diciendo que me devolvía lo que le había comprado. Fue raro como si no pudiera dejar pasar de ese día la deuda, para que todo quede claro.

Es increíble cómo los seres humanos debemos aprender tanto todavía. Cómo a pesar de ser los seres inteligentes que habitamos ésta tierra aún no hemos podido darnos cuenta de tantas cosas que deberíamos cambiar a escala mundial. Si el hombre se diera cuenta de que todas las líneas son imaginarias...

Que el meridiano de Greenwich divide Oriente de Occidente sólo en la imaginación. Que la línea del Ecuador separa el hemisferio Norte del Sur y se puede observar si la miras dibujada en un mapa. Que Occidente no es mejor ni peor que Oriente. Que los norteamericanos o los europeos son exactamente iguales a aquellos a quienes llaman "sudacas". Que, en realidad, en esencia somos todos iguales. Que Occidente ya necesita de la sabiduría de Oriente. Que quizás un día, el hemisferio Norte necesite del hemisferio Sur. Que si no cuidamos nuestra tierra, si la explotamos indiscriminadamente en beneficio de unos pocos y olvidándonos de los demás, terminaremos pagándolo más caro de lo que pensamos. Que ya las relaciones de poder, dominación y la ambición han llevado al hombre a despojar a los indígenas de sus territorios y crear líneas imaginarias a las cuales llaman fronteras. Que si pudiéramos alejarnos cómo un astronauta de la tierra y observarla desde el espacio veríamos que esas líneas *no existen*. Que las inventamos nosotros. Y que en definitiva, hasta terminamos construyéndolas, separando, desuniendo.

Todos somos parte del universo en el que vivimos. Todas nuestras almas que habitan nuestros cuerpos están unidas y en la red de interrelaciones que establecemos unos con otros estamos conectados al punto de afectarnos, no importa donde, en que lugar ni en qué tiempo. Pero sin duda lo que hagamos o digamos posee un efecto sobre los demás.

Así era cómo la vida de Daniel y Clara se veía afectada por la convergencia de espacio y tiempo. Por la decisión de quienes evaluaban a Daniel en el trabajo, que habían optado por no darle la pensión por enfermedad aún, atándolo y condicionando su vida, cuestionando su reclamo a una persona enferma. Armando reuniones de evaluación cada tres meses en las que no accedían a soluciones. Así es cómo muchas veces la vida de una o más personas pende de un hilo bajo las decisiones de otra que quizás no sabe qué consecuencias tiene esto en los demás. ¿Cómo puede alguien creer que una persona que

padece de una enfermedad crónica, declarada por profesiona-
les médicos, deba permanecer sujeta a las decisiones de otros?

¿Es que no es suficiente castigo tener una enfermedad y
padecer un dolor constante? ¿Es que veinte años de dedicación y trabajo a un país no le daban el derecho de atravesar su
enfermedad al menos despojado de ciertas preocupaciones?
¿Sería esto consecuencia de haber nacido debajo de la Línea
del Ecuador? ¿Es posible tener menos derechos que otra persona por no pertenecer a un territorio delimitado por fronteras
que en realidad son invisibles aún habiendo servido a ese país
y trabajado en el y en beneficio de su gente ¿Podría el buen
criterio de unas personas compensar el hecho de tener que
soportar dolor físico estando enfermo, acercándole la posibilidad de decidir con libertad cómo acceder a poder estar con la
persona amada, esa que había perdido y que el *sincrodestino* puso nuevamente en su camino?

Si pudiera al menos ganar la libertad, la libertad de poder
decidir ir y venir. Poder estar al lado de Clara, en el lugar que
fuera, que ella cuidara de él, que lo acompañara. Poder mantener el vínculo con ese hermoso país Suecia y su gente. Pudien-
do estar cerca de sus hijos siempre. Poder unir todo lo que
amaba.

Habría que ver qué sucedía.

Habría que ver cómo ayudaban al *sincrodestino*.

Quizás aún no lo sabían pero la forma de ayudar al *sincrodestino* sería poder sentirse merecedores de su amor y confiar
en que, pidiendo al universo que sus sueños de poder vivir acá
y allá se hicieran realidad, los mismos se cumplirían por difíciles que parecieran. Relajarse y confiar que del mismo modo en
que ya se había manifestado en sus vidas la presencia del otro;
del mismo modo ocurriría el milagro. Sólo había que estar
atento a las señales, relajarse y confiar.

CAPÍTULO DIEZ

POTENCIAL SIMPLE

Casi se estaba por cumplir un año desde el segundo viaje de Daniel. Todos los proyectos que habían hecho para estar juntos se habían retrasado por el esfuerzo de él en modificar ciertas situaciones de su vida que, según le había explicado, debía haber hecho muchos años atrás. Su trabajo y la enfermedad no le permitían arribar a una conclusión que le diera un margen de respiro en cuanto a lo económico para poder programar viajes. Tanto él como Clara estaban de acuerdo en hacer juntos las cosas, de la mejor manera posible.

En enero, en Buenos Aires, hace calor. Alguien había viajado desde Estocolmo y traía una carta para Clara. Ella esperó pacientemente su llamado. Al arribar esta persona le prometió, después de intercambiar un diálogo telefónico con ella, que le llevaría la carta en el transcurso de la semana. La llamó nuevamente y de a poco comenzó a hablar de su impresión del país –por cierto "mala"–, comparada con el confort y la seguridad de Suecia.

A Clara esta actitud le llamó la atención ya que había escuchado a extranjeros hablar maravillas de Argentina y de hecho ella había leído artículos en el diario con notas a ingleses, franceses, holandeses, entre otros, que declaraban estar enamorados de esta tierra y no dudar en quedarse aquí a vivir. ¡Y quien hablaba era argentino!

Según su perspectiva (se debe reconocer que no era muy desacertada en algunos aspectos) los colectivos eran "de terror", se sacudían de un lado hacia el otro dejando a la deriva a quien viajara de pie... boyando o luchando contra las incansables fuerzas de la física que se potenciaban duplicándose, más bien, multiplicándose al momento de doblar en una esquina. El tráfico se parecía más a intimidantes manadas de búfalos en la estepa americana que a una autovía prolija y ordenada, fruto de la buena educación vial de un pueblo. "Y, sí... en parte tenía razón. Deberíamos poder educar mejor a nuestra gente para obtener los resultados esperados. Nunca es tarde" –reflexionó Clara.

El diálogo continuó, o más bien el monólogo que describía a los mosquitos como aviones de guerra bombardeando al territorio extranjero hasta devastar cada parte desprovista de sábanas.

"Era comprensible... viniendo del frío del Norte no acostumbrarse a los mosquitos". Irónicamente Clara aprendería más adelante que, cercanas a los lagos, hay plagas de mosquitos allá también, a pesar del frío.

–Además, había agregado, la vista de gente pobre revolviendo la basura –dijo–, le hacía pensar "Esto es Camboya".

Clara se sintió mal con este último comentario y concluyó en que seguramente el reencuentro de esta persona con Daniel en Suecia no le llevaría mucho ánimo a Daniel para venir a la Argentina después de tanta negatividad. De seguro que sus opiniones no iban a ayudar a Clara y Daniel. Además Clara amaba a su país y sabía que Argentina, gracias a Dios, estaba muy, muy lejos de parecerse a Camboya. Sin ánimo de ofender a ningún Camboyano ya que fueron víctimas de uno de los regímenes considerado de los más violentos del Siglo Veinte. De hecho no hay registro exacto de la cantidad interminable de personas explotadas, torturadas y muertas en los llamados "campos de la muerte" en Camboya. Sin duda eran realidades muy lejanas de tener algún tipo de similitud.

Algo era claro en tal caso, al hablar debemos saber que las palabras que utilizamos tienen un valor, un significado, y a veces debemos medir lo que decimos.

De pronto la conversación tomo otro rumbo y nunca se supo como Clara escuchó:

–Yo si me vengo a la Argentina... imagínate... no podría dejar a mis hijos. Dicen que son grandes... pero no son grandes tienen dieciséis y trece años. Es como si a vos te dijeran que dejes a tus hijos...

No hacía falta ser muy inteligente para escuchar el mensaje subyacente o más bien directo que estaba dejando fluir.

Clara pensó que a él no le había ocurrido eso. Eso le había ocurrido a Daniel. La vida le había presentado una segunda oportunidad, se les había presentado a ambos a Daniel y a Clara. El planteo de separarse de los hijos por unos meses se le presentaba a Daniel. Y lo que Jorge no sabía era que Clara nunca le había pedido a Daniel que se separara de sus hijos. Clara amaba profundamente a Daniel y cuando uno ama de verdad quiere el bien del otro. Quiere la felicidad del otro. Quiere verlo sonreír y disfrutar junto a otras personas que ama también. Porque Clara sabía muy bien que el amor que ella sentía por él incluía el concepto de saber que no era ella la única persona a quien él amaba. Ella sabía cuanto él amaba a sus hijos y deseaba poder encontrar la manera de poder conjugar todo de modo que todos estuvieran bien.

Pero, seguramente para quien hablaba, que querría el bien de Daniel, le era difícil imaginar a Clara, una mujer alta, con marcadas curvas, voluptuosa y sexy, como una buena persona. Era más fácil, sin conocerla, pensar que quizás estaba con Daniel por algún tipo de interés.

Ella sabía, por experiencia, que la imagen es lo primero que se ve de alguien y en el imaginario del otro se cruzan conceptos erróneos de la verdadera persona que yace en el interior del cuerpo.

Ella era sobria para vestirse –rara vez usaba un escote–, sin embargo su rostro y su presencia hacían dar vuelta las cabezas cada vez que entraba a un lugar. Tenía *sex appeal.* Eso que no se consigue con cirugías, colágeno o liposucción. Era algo que estaba dentro de su ser.

Y del mismo modo, dentro de su ser yacía una persona noble, honesta, y con fuertes convicciones. Eso también la hacía atractiva ya que no era congruente con la imagen de su físico y a los hombres les atraía ese aire misterioso y a la vez, confundía al que se atrevía a acercarse, al recibir una negativa graciosa como si ella estuviera hablando con su hermano o con su primo. Tenía buen humor para deshacerse de los hombres que se le insinuaban intentando algo.

En las mujeres tenía un efecto doble: las que se sentían seguras de sí mismas, enseguida la apreciaban como persona y sabían que, como amiga, era de hierro. Las que no podían ver más allá, solamente veían la apariencia y sacaban conclusiones erróneas.

Clara era absolutamente fiel a Daniel y no le avergonzaba admitirlo en este mundo lleno de engaños y relaciones por interés, donde se aprecia la mentira al otro con tal de ser el o la número uno en cuestiones de parejas eventuales, amoríos y demás. Ella y él sabían como hacían para estar juntos a pesar de la distancia y Clara no tenía pensado explicarle a nadie su intimidad con Daniel.

Claro que era muy probable que después de un año separados, el resto de la gente pensaran en el engaño de parte de cualquiera de los dos. Pero a esas personas no les había ocurrido lo que les había pasado a ellos.

Ella había transitado de muy joven por la experiencia de ayudar a víctimas presenciales de una tragedia y cargar por años con las consecuencias psicológicas del efecto de la violencia en esas personas intentando por todos sus medios aliviar su dolor.

Él había visto morir poco a poco y en sus brazos a un ser querido.

Y había más...

Nadie sabe lo que se siente atravesar por momentos tan difíciles si no los has vivido en carne propia y aún así hay gente que no puede aprender nada de esas experiencias. A pesar de que todos tenemos la capacidad de resiliencia, eso que nos permite salir fortalecidos de una circunstancia complicada o difícil. Lo que en física se llama a la capacidad de la materia de volver a su estado inicial aunque haya sido alterada.

Nadie sabía lo que ellos sentían, la confianza y el respeto que entre ellos había.

Todas las experiencias atravesadas en sus vidas habían repercutido en sus mentes y en su ser de manera de dejarles una enseñanza para seguir adelante pase lo que pase. Y de algún modo ambos sentían que habían cumplido al dar de sí por sus parejas anteriores y dar más y más a pesar de no estar con la persona indicada. Clara detestaba la mentira y no iba a hacer nada que lastimara al amor de su vida. Mucho menos después de haberlo perdido y haberse resignado a no tenerlo. Mucho menos al haberlo encontrado de nuevo. Sólo ella sabía lo que le sucedió ese día hacía casi dos años atrás al encontrar la carta que Daniel le dejara antes de irse a Europa.

Ellos sentían que habían cumplido una etapa de su vida y ahora comenzaba otra en la cual por supuesto iban a estar incluidos sus hijos.

Nadie podía entender ni dar su opinión sobre algo que no hubiera experimentado, sobre algo que no le hubiese sucedido. Clara sabía muy bien cuan profundamente amaba a Daniel y quería su bien, mucho más ahora que él se encontraba enfermo y ella sentía la desgarrante necesidad de estar a su lado y cuidarlo y darle el amor que él se merecía como persona y como su hombre.

Entonces escuchó y hasta comprendió lo que opinaran los demás, pero no pudo dejar de sentir un sabor amargo ante su comentario. De todos modos Clara le perdonaría todas las sospechas infundadas porque se daba cuenta que su intención era proteger a Daniel.

Clara había escuchado también comentarios de gente conocida de ella que insinuaban que él la engañaría, que la estaba usando, que pensaban que se entretenía viajando cada tanto a tener una aventura con ella, que esto era un amor por Internet. Y aguantó las ganas de responder con bronca y pensó que quizás era mejor dejar pasar el tiempo. Y dejar que el tiempo hablase.

Algunas personas necesitan que se les recuerde que aún existen palabras como Lealtad y Confianza.

Potencial simple.
Me gustaría...
Me encantaría...
Que bueno que estaría...
Condicional.
Si yo pudiera...
Si tú pudieras...
Si nosotros pudiéramos...
... hacer converger tiempo y espacio para que nuestros cuerpos estén juntos. Digo, nuestros cuerpos porque nuestras almas ya están juntas, siempre lo estuvieron.

Es por eso que los demás no pueden comprender cómo hacemos para sostenernos en la distancia. En realidad creo que se debe a que ambos pertenecemos a otra dimensión que no se rige por los conceptos posmodernos, ni necesita probar o probarse nada. Es un concepto propio que te lo ha dado el saber valorar las cosas que te suceden en la vida que, si bien cuando son malas pueden causar un dolor que penetra devorando como un taladro a toda potencia. Si bien provocan sufrimiento, suceden o tienen lugar, para darnos la oportunidad de aprender a valorar lo bueno.

Cuando se aprecia lo bueno es cuando nada te hace desviar del camino que te lleva a eso.

Y cuando eso transita por un momento de tu vida y te permite saborearlo, tocarlo, degustarlo es cuando por nada del mundo quieres perderlo.

—¿Y vos estás tranquilo? —había escuchado Daniel.

—Sí, claro.

—Pero ¿cómo sabés que ella no está con otro..? Ya pasó mucho tiempo.

—Es que... ni el tiempo ni el lugar son lo que te da la tranquilidad. Hay parejas que viven juntos y cada uno hace su vida. Se engañan casi a diario.

—Con más razón si estás lejos.

—Es que... vos no podes entenderlo, sólo Clara y yo lo sabemos.

Daniel le estaba contando a Clara la conversación que tuviera con un amigo. Ella por su parte le contaría cuando le dijeron...

—Y... ¿cuándo viene?

—Por ahora no puede —respondió Clara en tono calmado—. Está resolviendo algunas cosas.

—Bueno... a mí me parece que deberían establecer algún tipo de acuerdo en el que cada uno haga su vida hasta que se vuelvan a ver... —quedaba claro que le estaban hablando de sexo... ¿o no?

Y Clara pensó: "¿Y quién te preguntó qué te parece?"

Otro comentario de otra persona fue una vez de este mismo estilo:

—Y ¿qué van a hacer..? A mí me parece que ésta es una relación platónica.

Y Clara pensó: "Yo nunca te pregunté qué te parece".

Quizás les deberíamos preguntar a esas personas...

¿Cuánta plata tienes en tu cuenta bancaria?" O: "¿Cuánto ganas por mes?"

Preguntas muy simples que la gente no estaría mayormente dispuesta a contestar... ¿no? Seguro que saldrían por la tangente antes de contestar algo así, sin embargo se sentían con derecho a opinar sobre la vida de ellos por el solo hecho de ser algo llamativo lo que les había sucedido o porque estaban separados físicamente.

Y Daniel dijo:

–Yo creo que nadie puede darse cuenta más que nosotros dos de lo que sentimos. Lo que yo sentí al estar con vos, el amor, la forma y todo lo que me diste lo viví con vos y no hay dos Claras en este mundo.

–Sí, amor, sólo yo sé lo que me sucedió el día que encontré tu carta, el sentimiento que recorrió mi cuerpo y mi alma. Esa sensación posterior de que "algo" me empujaba a buscarte. Nadie puede entenderlo sin experimentarlo.

–Te amo guapa...

–Yo también te amo.

–Es tanto lo que me das, tan solo por hablar con vos, que mi alma está llena, me siento completo. No deseo estar con otra.

–Yo debo decirte que el solo hecho de estar a tu lado, cuando estábamos sentados a la mesa, por ejemplo y conversábamos me hizo experimentar un sentimiento indescriptible de plenitud, felicidad con tan solo tenerte cerca. Es como que tu ser completa mi ser de una manera que me siento plena y decididamente extasiada y consciente a la vez de la felicidad que me invade. Yo no dejaría que nadie me toque ni siquiera un hombro con la yema de su dedo. Y no haría nada que pueda lastimarte. Te Amo.

–Te adoro Diosa... ¿hablamos mañana? No sabes lo bien que me hace hablar con vos.

–Sí, mi Dios, ¿me llamás mañana?

–Por supuesto... hasta mañana guapa...

–Hasta mañana mi amor... que descanses.

En este tiempo globalizado, contradictorio, donde todos nos comunicamos con todos, ahí donde por oposición prima el individualismo, vale el "yo primero", "si me conviene", "si me place o me beneficia a mí", donde el otro no existe o sólo existe en la medida que me sirve. En donde las empresas se mueven y todo está en constante cambio, en la "Era del Descarte", donde todo se renueva.

En ese tiempo que transitamos, parece que las relaciones entre las personas absorben este tipo de condicionamiento y "está bien" pensar en tener a alguien al lado y si se me presenta otra cosa... "¿Por qué no..?" Adueñándose así de una perspectiva particular, vinculada a la subjetividad de quien la actúa.

Hoy estoy con vos y mañana... "no sé si me conviene... si no se me presentó algo mejor". En donde muchas mujeres en el intento por acceder a los "derechos" que los hombres han tenido históricamente desde épocas inmemorables, adoptan una actitud que simula ser independiente y de conquista cual acumulación de trofeos y no se dan cuenta de que en realidad juegan en su contra queriendo imitar una conducta que, a quienes la toman, no les llena el alma porque todos necesitamos amor independientemente de a qué genero pertenecemos.

Es probable que en todo esto se caiga en una búsqueda del amor interminable porque todos están en la misma. Prima un vacío que se genera en esa búsqueda al estar con una persona y después con otra, un vacío que genera la mentira... digo... la mentira a uno mismo.

Encontrar a la persona que llena todos los rincones del alma y del cuerpo es una bendición que muchos desean alcanzar.

Clara y Daniel lo habían experimentado a los cuarenta años, desde ese primer beso, pasando por la comunicación verbal y la penetración en el alma del otro a través de los ojos hasta llegar a percibir las señales que cada célula de su cuerpo emitía en cadena a lo largo de cada fibra... de Norte a Sur abarcando todos los puntos cardinales del cuerpo.

Y Daniel la llamó y le contó otra de esas historias fantásticas de Amor...

El Dragón y la Tigresa están en una playa paradisíaca. El hotel donde están parando está situado en una colina desde donde se divisan las aguas transparentes y azules del mar. Hace calor, está cayendo la tarde y aún el calor se expande en un abrazo cálido que inunda el ambiente imprimiéndolo de un sabor a deseo indispensable.

Ellos han decidido salir a caminar. Ambos están descalzos, la suavidad del terreno lo permite,

Ella lleva un vestido corto sobre la malla; él malla y remera. Caminan por un sendero que conduce a un camino que está más adelante.

Para avanzar deben abrirse paso entre las suaves y enormes hojas que se atraviesan delante.

Él la lleva tomada de la mano, el camino va en pendiente hacia abajo.

Por momentos se divisan arenas blancas. La brisa fresca mece las hojas de la vegetación que rodea la arena que se adentra desde la orilla formando una playita en un rinconcito de la playa rodeado de altas rocas y vegetación abundante.

Al ir descendiendo por el camino el sonido de las suaves olas acariciando la arena se percibe cada vez más claro e invitante, sugerente. Los dos llegan al lugar tomados de la mano y corren hacia la orilla mojando sus pies en la espuma y adentrándose un poco en el agua de mar. Ella se separa y en un movimiento preciso levanta su pie arrastrando agua y espuma salpicándolo y sonriendo... él la corre, le devuelve una lluvia de agua sobre su cuerpo y la atrapa por la cintura, se besan, se acarician y terminan tirados en la orilla, mojados por la espuma que cubre sus cuerpos una y otra vez acompañando el movimiento de su amor, jugando con sus sensaciones y percepciones.

CAPÍTULO ONCE

ORBITANDO LA TIERRA

Daniel ha logrado, por fin, conseguir el dinero para su pasaje. Está exhausto, ha hecho de todo sin descanso hasta lograr lo que quería. Ahora faltaba arreglar algunos detalles en el trabajo y pedir permiso para salir del país. Le ponían trabas para ver si el viaje podía afectar su salud. Lo hacían ir al médico una y otra vez.

Sentado en su casa frente a la computadora abre el correo y lee un mensaje de Clara:

DANIEL – AUTO – AUTOPISTA – AEROPUERTO – ARLANDA – AVION – OCÉANO –BUENOS AIRES – AEROPUERTO – Ezeiza – CLARA –MIRADAS – ABRAZO – MAS ABRAZO –BESOS – LAGRIMAS – MAS BESOS – MAS MIRADAS – ESTACIONAMIENTO – AUTO – AUTOPISTA –CASA – PASILLO – ESCALERA – HABITACIÓN – AMOR... ¿Cuando venís?

Y Daniel respondió:

AUTO – AUTOPISTA – AEROPUERTO – AVION – ARGENTINA – CLARA – DANIEL – MIRADAS – ABRAZO – BESOS – PUTEADAS – CORRIDA DE MANOS – AUTO – DE NUEVO AUTOPISTA –CASA – ESCALERA – HABITACIÓN – DRAGÓN –TIGRESA –

CAMA – AMOR – SEIS HORAS –OCHO HORAS – AMANECE – COMIENZAN DE NUEVO – MÁS... Llego el Sábado a la mañana en el vuelo 852 de Iberia. ¿Me vas a buscar? Preparate porque no sabes lo que te espera...
TE AMO,
Tu siempre Daniel.

Después de un año de estar separados, por fin podían verse nuevamente. Clara amaneció bien temprano, se duchó y se preparó. Vestido negro de Zara, botas negras altas, un collar de piedras brasileras en tonos verdes, perfume importado, abrigo de gamuza. Salió de casa rumbo a Ezeiza, el aeropuerto internacional de Buenos Aires. Llegó temprano, averiguó el horario exacto de arribo y se sentó en un café a tomar un jugo de naranjas mientras hacía tiempo. El tiempo corría lento, inalterado. Observar el movimiento de la gente pasó a ser una terapia que disminuía la presión de la ansiedad de la espera.

Desde el piso de arriba se veía a la gente parada esperando la llegada de alguien, todos mirando hacia el mismo lugar, hacia las puertas corredizas por donde salían personas acarreando valijas, a paso lento en direcciones divergentes, algunas doblando hacia su derecha otras caminando hacia el pasillo de la izquierda.

Pasaron más de cuarenta y cinco minutos desde que Clara había llegado cuando se anunció el arribo del vuelo procedente de Barcelona. Aún había que esperar el desembarco y el paso por la aduana. Clara esperó, luego bajó y se paró frente a las puertas detrás de varias personas que hacían lo mismo. El aire estaba saturado de ansiedad. En ningún momento ausentó su mirada del camino que traía a Daniel de vuelta a sus brazos. De pronto lo vio, ella buscaba con la mirada pero entre tanta gente él no pudo verla. Ella caminó hacia la salida de la derecha, hacia donde se dirigía Daniel. Por el pasillo caminaban otras personas saliendo junto con él. Se vieron, en un instante dosificado de intensidad a medida que ella caminaba hacia él y en medio del pasillo, entre la gente, se abrazaron y se encontraron en un beso desmesurado interrumpiendo la salida de quienes iban llegando, quienes presumen aún hoy, los habrán esquivado de algún modo para continuar su camino.

Por un momento perdieron la noción del tiempo hasta que volvieron a la realidad y se corrieron del camino, abrazados, sonriendo, parando de nuevo para acariciar sus rostros, mirarse.

Y se repitió nuevamente la escena de Amor eterno cuando llegaron juntos a la casa. Y el tiempo pareció desvanecerse e increíblemente se sintieron como si hubieran estado juntos siempre. Siempre juntos, unidos por la magia de pertenecer al mismo universo a ese que creíamos el único hasta que los científicos aseguraron lo contrario. Juntos como partículas de micro cristales suspendidas en el universo, como cuerdas que emiten notas que se juntan en un espacio que no se ve, pero que las mantiene unidas. Así se sentían cuando estaban físicamente uno al lado del otro y así también se sintieron durante años cuando estuvieron físicamente separados pero unidos como partículas flotantes del universo que tienen la capacidad de estar en más de un lugar al mismo tiempo. Como lo habían experimentado tantas veces, cuando sintieron la presencia uno del otro, como si estuviera al lado del cuerpo, como si de pronto uno pudiera darse vuelta y conversar con alguien que físicamente no está, pero su alma está a tu lado aunque el cuerpo esté en otro lugar.

Eso que Daniel había experimentado de sentir que ella lo acariciaba en sueños, despertar de pronto sintiéndolo en la piel, sentir el roce de su mano en su espalda. Y comprobar en un mail al día siguiente, en el que ella le relataba haber soñado despierta que lo acariciaba, comprobar que él le estaba escribiendo un mail contándole lo que había sentido en la piel durante la noche, cómo despertó y la sensación extraña que tuvo por sentir tan vívidamente eso. Habían pasado experiencias así.

Una vez, al principio, cuando Daniel aún no había venido a Argentina, él le contó por mail: "Anoche tuve un sueño divino, estaba en Argentina y te encontraba por la calle, no sé era raro vos estabas caminando por una calle en el Tigre y yo te encontraba y nos abrazábamos muy fuerte y te besaba... ¡Fue un sueño hermoso, tan real! Clara abrió el correo, leyó y casi no podía creer. Estaba en un locutorio en una calle de la localidad de Tigre, había ido allí a dar un curso, cosa que era totalmente inusual, ella nunca había ido a trabajar allí antes. Entonces él soñó que se encontraban en el Tigre y finalmente lo hicieron, ¡se encontraron por mail en ese lugar! ¡Impresionante! ¡Todavía les costaba creerlo!"

Clara y Daniel están en la habitación.

–Hola Guapa, hola hermosa... hola belleza... ¡cómo te extrañé!

–Hola dios del Universo... No sabés cómo te extrañé yo a vos.

–No, yo te extrañé más.

–Imposible... Clara desliza sus dedos por el cabello de él mientras le habla... permanece mirándolo, nadando sus pensamientos en su pupila como si fuera una solución oftálmica intentando curar la separación física evidenciada en sus ojos, una separación que ya no existía.

–¿Qué nos pasó en la vida..? ¡Qué locura mi amor..! ¡Cómo nos juntó el destino de nuevo!

–Sí, es el destino que nos dio las señales indicadas y las supimos ver y valorar. No las dejamos pasar.

–Sí, hermosa, es verdad, ninguno de los dos dejó que esto pasara de largo.

–Eso es por el amor profundo que nos une... porque los dos sabemos quienes somos y queremos estar juntos...

–Sí, siempre pienso: qué suerte que guardaste mi carta, qué suerte que tu amiga te dijo, ¿cómo fue..?

–"¡Que yo no venga el sábado que viene acá y vos no conseguiste la dirección de correo de él!" –dijo Clara sonriendo al tiempo que sacudía su dedo índice en el aire, parodiando a su amiga.

–Sí... y guardaste también las cartas que te mandaba desde Mendoza hace más de veinticinco años.

–Sí, ya cumplimos las bodas de plata. ¡Ja ja! ¿Viste? Estuvo bueno porque salteamos todas las peleas cotidianas, las broncas... Pero no te hagas ilusiones que ahora te voy a tirar unos macetazos por la cabeza y ojo con mirar football o agarrar el control remoto para vos solo –dijo Clara haciéndole cosquillas.

–No... no por favor que me hace... ¡Jaja ja jaja! Ahora vas a ver, seguí portándote así y vas a ver lo que te espera –mientras tomándola de los brazos la dio vuelta boca abajo en la cama.

Suena el teléfono.

–Tengo que atender... Soltame... ¡Ja ja! ¡Noooo..!

–Voy a ver si te dejo –dice Daniel mientras levanta el tubo y se lo pasa a Clara

–Hola –dice Clara.

–Hola ¿Clara?

–Sí, ¿quien habla?

–Clara, es Gerardo, el amigo de Daniel.

–Hola, Gerardo, ¿cómo estás?

–Todo bien, ¿cómo estás vos? ¿Contenta que llegó "El Hombre de las Nieves"?

–¡Imaginate! ¡Claro que estoy feliz! Acá lo tengo a mi lado ansioso por hablar con vos. ¿Te paso con él?

–Dale...

–Chau un beso

–Otro para vos

Daniel y Gerardo se quedan hablando. Clara lo deja conversar tranquilo con su amigo. Se ducha. Se cambia. El cabello aún está mojado, él la mira mientras continúa hablando con su amigo. Deja el teléfono y se aproxima a ella por detrás mientras ella se acomoda la blusa dentro del pantalón frente al espejo. La abraza desde la espalda, pasando sus manos por su cintura, le besa el cuello, la mira a los ojos en el espejo, besa su mejilla y le dice al oído: TE AMO.

Y Clara continuó su rutina porque no tenía otra chance, siguió yendo a trabajar todas las mañanas, levantándose sigilosa para no despertarlo así podía descansar. Él, por su lado, aprovechó para ver a sus amigos y familiares, mientras ella trabajaba. Luego de eso, todo su tiempo era para Clara, las pocas horas del día que quedaban y los momentos solos que compartían después de ir a cenar con sus amigos.

Una noche él se reunió con sus compañeros de colegio. Cenaron y se contaron cosas entre las cuales Daniel contó su encuentro con Clara y cómo la vida los había vuelto a juntar. Algunos de ellos se asombraron y varios de ellos se vieron con Daniel después de esa noche.

Así fue como, días después, Daniel y Clara fueron a cenar a la casa de Omar y su mujer, a lo de Mario y su mujer junto con Danilo y la esposa.

Al departamento "del Cacho", médicos él y su esposa. Y a la casa de Fabián y señora en Vicente López. También cenaron en casa de Mariana y Carlos, la amiga del alma de Clara. Estuvieron en lo de Andrea y Fabio y además en casa de su hermana y su cuñado Lara y Ronaldo.

Daniel pasó días felices visitando amigos, compartiendo pocos pero intensos momentos con algunos conocidos, amigos y con sus primos Patricio y Eduardo.

Luciano, el hermano de Clara, se quedó conversando largo rato con Daniel de Suecia y de las costumbres de los suecos.

A veces le pedían a Daniel que dijera algo en sueco. "Sí, claro" era todo lo que uno podía atinar a contestar, sin tener la menor idea de qué estaba hablando.

Clara había aprendido unas pocas palabras, como "Jag sakna dig" que significa " Te extraño". O las palabras que había leído en la tarjeta que él le enviara desde allá unos meses antes, que decía:

Idag, Imorgon, För Evigt Jag tanker pä dig hela tiden!
Hoy, Mañana, Por Siempre Pienso en vos todo el tiempo

De todos los momentos fantásticos que pasaron se llevaron los compartidos con los amigos que ambos disfrutaron enormemente. Asado, pastas y buen vino acompañado de largas charlas. De todos modos no faltaron algunos comentarios producto de la subjetividad de quien los emitía. Fue entonces cuando de pronto Clara escuchó, ante la evidencia de que ella y otras personas presentes vivían cerca y tenían conocidos en común, lo siguiente:

–Bueno, como vivimos tan cerca... ¡parece que entonces va a haber que cuidarse..!

Y Clara pensó para sus adentros irónicamente: "¿Qué me querrá decir? ¿Que ella engaña a su marido y tiene miedo de que yo la descubra y se lo cuente? ¿O en tal caso será que lo que piensa es que mientras Daniel está en Europa yo tengo alguna aventura y entonces voy a tener que cuidarme de que 'no me pesquen'?"

Y claro, la situación era re-jugosa... y era muy probable que muchas personas desconfiaran, pensaran mal sin saber, juzgaran la conducta de los demás sin tener el más mínimo fundamento y tan sólo llevadas por los prejuicios y por lo que su imaginario les dictaba.

Evidentemente ella no sabía que Clara estaba con Daniel únicamente por amor. Cuando quien hablaba, había tenido la suerte de estar con el hombre que amaba toda su vida, Clara y Daniel habían tenido que estar separados.

Daniel estaba padeciendo una enfermedad, tomando medicamentos que contenían drogas tan fuertes como las que ingieren las personas que tienen cáncer. Y Clara no había elegido estar con alguien en esa situación para mentirle o engañarlo. Tampoco lo hubiera hecho aunque su salud estuviera perfecta. No había nada más que decir.

Y se acordó de cuando escuchó:

–Y vos desde que te separaste ¿estuviste con alguien más? ¿Probaste con otro? Digo antes de estar con Daniel...

–Sí...

–Ah... porque hay que vivir la vida, probar –el hombre que le hablaba parecía querer decir que a Clara le faltaba experimentar algo antes de tomar una decisión o que quizá otro podía darle algo mejor. Por momentos hasta sonaba gracioso cómo alguien podía creer que sabía todo respecto del sexo. En tal caso, quizás lo que él sabía era lo que él conocía del sexo, no lo que Clara había experimentado, ni tampoco sabía que a Daniel y a Clara los unía un amor verdadero y muy profundo, que esto no era una aventura para ninguno de los dos.

–A mí me bastó con probar al hombre más viril de la tierra para decidirme, dijo Clara. Además nunca mis hijos conocieron a nadie, sólo conocerían a la persona que yo amara profundamente y que supiera que los querría y respetaría.

A Daniel le habrían dicho: "¿Y vos? ¿Estás realmente separado?"

A esta altura y como estaban dadas las cosas todo lo que sucediera entre ellos les pertenecía a ellos dos. Eran sus vidas las que atravesaban esto y había que ser muy fuerte para sostener esta situación.

Por suerte la vida le había puesto a Daniel por delante en el camino nuevamente. Nadie sabía lo que se sentía recuperar a la persona amada.

Lo que ellos habían pensado uno en el otro durante años en diferentes momentos, en ocasiones inusuales, en momentos impensados. Y Clara recordó cuando estando en el *shopping*, unos años después de que Daniel partiera de Argentina se encontró a sí misma anclada frente a una tarjeta que luego compró y conservaría. La tarjeta tenía un dibujo típico de una casita irlandesa o inglesa en el campo, un camino guiaba hasta ella que estaba situada como a lo lejos y debajo la frase escrita le hablaba a Clara:

Que pueda el camino
Salir a tu encuentro,
Que el viento sople siempre a tus espaldas,
Que el sol brille cálido sobre tu cara,
Que la lluvia caiga
Suavemente
Sobre tus campos,
Y, hasta que volvamos a encontrarnos,
Que Dos te guarde en la palma
De sus manos.
VIEJA ORACIÓN IRLANDESA.

Y Clara no pensó en nada en aquel momento, tan solo la leyó, la compró y la conservó.

Otra vez el avión... otra vez la partida... otra vez la separación. Esta vez fue más duro de lo que pensaban. Ambos se daban fuerzas aparentando estar bien, intentando ocultar el ardor agudo, inhibidor, intenso.

Gerardo había ido a casa de Clara a buscar a Daniel para llevarlo a Ezeiza.

Se abrazaron en la cocina ocultando la susceptibilidad metabolizada en sus cuerpos.

Ya en la puerta en el abrazo antes de partir, antes de que Daniel subiera al auto, él le dijo

–Chau, tonta...

–Chau, tarado me tenés re-cansada...

Gerardo se los quedó mirando asombrado, perplejo esbozando una sonrisa, riendo para sus adentros por la ocurrencia. Ellos tenían sus códigos y poseían un humor muy especial respecto de sí mismos. Y el auto partió y las almas se desgarraron... otra vez.

Capítulo Doce

La carta diecisiete años después

Cuando escribiste...

"Ésta es mi historia de amor imposible"

Eso era en ese momento, en ese tiempo. Cuando me regalaste el CD de la cantante sueca Agnes con la canción que dice "Nothing is impossible" rompiste la imposibilidad y abriste la puerta a éste tiempo de lo posible.
Cuando escribiste:

"¿Puedo tener tu amor hoy o mañana?"

No lo pudiste tener en aquel "hoy" pero dejaste abierta la posibilidad de tenerlo mañana. Ese día no sospechabas que el mañana en verdad llegaría algún día y que ese día es "hoy".
Como cuando pusiste:

"Si este sentimiento está dentro mío, nunca lo dejaré ir".

Y cumpliste cuando te acordabas inevitablemente de mi cada día de tu vida.
Cuando dijiste:

"Eres tú a quien he estado buscando *día a día".*

Hiciste que verdaderamente creyera en las almas gemelas. Me hiciste pensar en la posibilidad de que hubiéra-
mos estado juntos siglos atrás en otras vidas. Dicen que
uno elige a los padres antes de nacer y yo vine al mundo
antes que vos. Quizás nos pusimos de acuerdo allá arriba y vos te tardaste dos años pero viniste siguiéndome.
¿Me estabas buscando? Descansa. Ya me encontraste.
Cuando escribiste:

"Me voy a Europa, no sé cuando voy a volver".

Es que ibas a volver cuando fuera el tiempo. Sólo y
cuando un ángel me empujara y yo te llamara.
Cuando pusiste:

"Te recordaré y amaré siempre".

Simplemente cumpliste. Del mismo modo que lo hice yo
cuando supe amarte en silencio durante tantos años hasta volverte a encontrar.
Te Adoro,
Clara

Cuantas cosas había hecho Daniel por Clara por demostrarle su Amor. Cuántas modificaciones había hecho él en su
vida motivado por su amor eterno hacia Clara. ¿Qué haría
Clara para demostrarle su Amor a él?
Clara confió en las fuerzas de la atracción. Ahora supo,
sabía, entendía que todo sueño puede hacerse realidad en la
medida que pienses en él, creas, confíes y lo pidas al universo.
Luego todo se movería en su favor hasta poder alcanzar lo que
deseaban ambos. Entonces decidió forjar su propio destino,
convertirse en la autora de su propia vida...
Y fue así como Clara comenzó a escribir su Historia de
Amor.

Daniel y Clara viven hoy juntos.
Reparten su tiempo un poco en el Hemisferio Norte y otro poco en el Hemisferio Sur.
Su historia inspira a quienes creyeron alguna vez haber perdido las esperanzas; muestra, una vez más, la poderosa fuerza del amor, y nos enseña a estar atentos a las señales y actuar por lo que deseamos.

Bibliografía

BULGHERONI Raúl. "Suma Patagónica", pág 89. Ediciones Fundación Alejandro Angel Bulgheroni Botto.

BUSCAGLIA, Leo. "Vivir, Amar y Aprender", Emecé editores, S.A., 1987.

COOPER, Diana. "Vislumbrando a los Ángeles", Longseller, Bs As Argentin, 1999.

CHOPRA, Deepak. "Sincrodestino" Alamah, Aguilar, Altea, Taurus, Alfaguara S.A de C.V. Primera edición, cctubre de 2003 –Novena edición, febrero de 2007.

GIDDENS, Anthony. "La Constitución de la sociedad", 1994. Teoría de la Estructuración prácticas sociales que ocurren en el espacio-tiempo, Giddens, 1984, 10-13.

HALL, Eduard. "The Silent Language". " Time talks. It speaks more plainly than words" "The Silent Language", pág. 1, "El Lenguage Silencioso".

LA FAY, Howard. "The Vikings", National Geographic Magazine, April 1970, vol 137, n° 4, págs. 492–93.

"NATIONAL GEOGRAPHIC CHANNEL TV". "Superestructuras". "El Hotel de Hielo" en Suecia, 2007.

PARRADO, Nando. "Milagro en Los Andes", Editorial Planeta, 2006.

SJOGREN, Bengt. Beromda vidunder, Settern, 1980. ISBN 91–7586–023–6, (Swedish) en WIKIPEDIA.

VIRGEN de San Nicolás. Sitio web oficial: *www.virgen–de–san–nicolas.org.*

RECOMENDADOS

Lectura

CANFIELD, Jack. The Success Principles(TM): How to Get From Where You Are to Where You Want to Be, by Jack Canfield with Janet Switzer. New York: Harper Collins Publishers, Inc., 2005.

DISPENZA, Joe. Biochemistry, postgraduate studies in neurology, neurophysiology and brain function. "Evolve your Brain".

MAC TAGGART, Lynne. "The Field".

Música citada en el libro

BARLOW, Josiah. "Angelfire", del álbum "Power, Passion, Expression", 2005 *www.josiahbarlow.com.*

COLLINS, Phil. "Another Day in Paradise", "Otro Día en el Paraíso".

GARDEL, Carlos (famoso cantante argentino de tango, 1930). "El Día Que Me Quieras".

STREISAND, Barbara. "Woman in love", Collection Greatest Hits, Artist (band), 1989.